JN193035

# ロシアの詩を読む　目次

*詩人の履歴はなるべく簡単に、詩を読むための最小限の資料にとどめた。それぞれの詩人の作品をあつかう初出の文章の前に置いたので、参考にしていただきたい。

# ロシアの詩を読む——銀の時代とブロツキー

Велимир Хлебников

## ヴェリミール・フレーブニコフ
（1885-1922）

1885年　ロシアの南、黒海に近いアストラハン県マールイエ・デルベトィ村に生まれる。父親は博物学者で鳥類の研究家。
1898年　一家でカザンに転居。ここで、父から受け継いだ鳥類学、数学、そして詩が未来の詩人の心を捉えた。
1909年　ペテルブルグ大学に入学。
1912年　マヤコフスキーとともに未来派宣言
1913年　第一詩集『リャフ！』
1916～17年　軍予備役に召集
1920年　長詩『ラドミル』、『ラージン』など。
1921年　『夜更けの手入れ』、『チェカー議長』など
1922年　超小説『ザンゲジ』。旅の途上で病死。36歳

## 四つのみじかい詩　新しく生まれる言葉――

僕は吹いた　自分の笛
すると世界も吹こうとした　自分の笛
僕に従順な星たちは　絡み合いなめらかなレースを紡ぎ
僕は笛吹いて　世界の宿命を果たしていた

（«И я свирел в свою свирель,» 一九〇八年はじめ）

＊＊＊＊＊

セキレイが棲んでいた
トウヒがひっそり揺れていた
そこを飛びすぎ　飛び去ったのは
軽やかなヴレミリたちの群
トウヒがさわさわ鳴り
歌好き鳥が　ひとしきり鳴いた

そこを飛びすぎ　飛び去ったのは
軽やかなヴレミリたちの群れ
激しく入り乱れる影
ぼうとかすむ古い日々のように
くるくると乱舞し　歌いはじめたのは
軽やかなヴレミリの群れ
軽やかなヴレミリの群れ
歌い上手で　すてきなおまえは
心を酔わせる　弦のように
波みたいに　心にひたひた浸みてくる
朗々と歌い上手の鳥たちよ　さあ
軽やかなヴレミリをたたえておくれ！
（«Там, где жили свиристели,» 一九〇八年はじめ）

＊＊＊＊＊

雲が流れながら　もだえて泣いた

はるかに広がる高い大地の上
雲は干草を投げた
はるかに広がるかなしい大地の上
雲は干草を落とした
はるかに広がるかなしい大地の上
雲が流れながら　もだえて泣いた
はるかに広がる高い大地の上

（«Облакини плыли и рыдали…»一九〇八年三月）

＊＊＊＊＊

地球がまわってるかどうか　僕は知らない
それは　一行に一個の言葉が収まるかによる
僕のバアサン　ジイサンがサルだったかどうか
　　僕は知らない
酸いと甘い　どちらがほしいかさえ分からないのに
僕に分かるのは　沸騰したいってことだ

　僕の手の血管と
太陽が　一緒にふるえて　ひとつになることだ
ひとつの星の光線が　僕の目の光線に
　キスする
シカがシカにするように（あの目はすてきだ！）
僕は信じていたい　何かある　何かまだある
たとえ好きな娘《こ》のお下げを　何かに　たとえば
　時間にとりかえなきゃならないとしても。
僕は　僕と太陽と空と真珠色の塵を
　ひとつに結びつけている共通因数を
　　括りだしたい
（«Я не знаю, Земля кружится или нет,» 一九〇九年）

この地上に確かな定住の場所も持とうとせず、言葉を嘴にくわえ詩に編みながら、鳥のようにロシアを転々と移り歩き、やがて病に臥してこの世から去っていった詩人。ヴェリミール・フレーブニコフ。ロシアの南に生まれ、鳥類学とロシア文学と数学を学んだあと、サンクトペテルブルグで詩作と、やがてマヤコフスキーとも出会い、『社会の趣味を殴る』で伝統的な詩の技法に「宣戦布告」。詩のアンソロジーをひらけば、未来派のグループにその名がある。そして何より、フレーブニコフには超意味言語（ザウミ）、実験詩などの言葉がついてまわり（詩人自身が提唱したのだから仕方ないが）、もっぱら実験のために詩を書いていたかのようなイメージさえある。

以上の履歴はその通り、間違いない。だから、たとえば、かの有名な戯曲『ザンゲジ』は、一見して目を射るザウミや数式が、わたしを含めフレーブニコフに触れようとする者を遠ざけているように見える。これは訳せないどころか、それ以前に分からないじゃないかと意気阻喪する。

それでも、フレーブニコフの詩のなかには、実験的言語への情熱も含めて、何か心惹かれるものがたしかにあるので、私はやがては『ザンゲジ』にもたどり着けるだろうと、希望を持つことができる。たとえば、フレーブニコフが書いたいくつもの短い詩は、子供っぽいまでに無垢な言葉の魅力そのものによって輝いている。そういう詩のなかから、四つの詩を選んでみた。

四つの詩はいずれも一九〇八年から一九〇九年のあいだ、二十三歳前後のころに書かれた。最初はたった四行の短い詩だ。

僕は吹いた　自分の笛
するとと世界も吹こうとした　自分の笛

実は「自分の笛」は、ロシア語では音にするとハチェリ。「〜したい」という意味の動詞から作った、詩人の造語である。一行目のスヴィレリ（ロシアの伝統的な笛）と響きあっている。フレーブニコフの詩は、実はこの造語がとても効果的だ。

まず一行目は、「吹いた（スヴィレル）」と「笛（スヴィレリ）」が呼応して、二行目は「吹こうとする（ハチェル）」と「吹きたい調べ（ハチェリ）」がこだまのように反復する。つまり、ひとつの行のなかで同音反復を行っている。一行目と同じ形を作るために、ハチェリという新語を思いついたわけだ。私はハチェリを、仮に「自分の笛」と訳して、意味のある言葉にするほかなかったが、ロシア語ではスヴィレリとハチェリがそのまま響くことになる。この二行で私はノックアウトされ、この詩の虜になってしまった。

もちろん、僕の「笛」は星を動かし、世界に拮抗したのである。

僕に従順な星たちは　絡み合いなめらかなレースを紡ぎ
僕は笛吹いて　世界の宿命を果たしていた

二つ目の詩には、ヴレミリが登場する。ヴレミリが何であるかは誰も知らない。これも詩人の造語だから。ただ、それは軽やかであって、群をなす。群をあらわす「スターヤ」は、獣にも鳥にも使う。ここでは鳥のようだ。フレーブニコフの詩の英訳者たちは、この言葉はヴレーミャ（時）からの造語と考えた。たとえば「ウソ」という鳥をあらわす、ロシア語のスネギリという鳥の名によく似ている。スネギリ、ヴレミリ。ヴレミリは、このスネギリの最後にあるイリという接尾辞をヴレーミャに結合させてできたと考え、「timefinch」という言葉を当てた。すなわち「時鳥」。日本では、時鳥はホトトギスの別名だから、ヴレミリはもちろんホトトギスではない。この詩の静かな空間を、群れをなして飛びすぎたヴレミリは、どこかに姿を現して激しくとびかう影を地上に落とし、乱舞をはじめる。詩の前半の穏やかな空間から、「時」という名の見知らぬ鳥が乱舞する光景への急転には、フレーブニコフが短いあいだ影響を受けたシンボリズムの顔がのぞく。ヴレミリを時代の何かの象徴と読むこともできるかも知れないし、時代のどこかざわざわとしはじめる雰囲気を捉える言葉かも知れない。

それより、このヴレミリが他の既成の、辞書に見つけ出せる言葉で置きかえられてしまったらどうだろうか。どこにもない言葉、耳が捉えたことのない言葉が、他の言葉にぽつんと混じっていたり、あるいは静寂のなかに疾走するように登場したら、それだけで、人の心は不安定になる。「なんだろう、この言葉は」。見知らぬ言葉に何かの意味をこめることで、落ち着かない気持ちをなだめたくなる。私がいましているように、意味を探しはじめ、やがて意味を見つけだすが、それが正解だといってくれる人はいない。だから正解はないわけだ。ヴレミリに人はさまざまな形や色や意味をこめる。それは読み手によって、異なるイメージで現れてくる。わたしにはわたしだけのヴレミリがある。または、何の意味も付与されずに、不安定を作り出しているというだけでも、その言葉の意味はある、ともいえる。

三つ目の詩。読んでいるといつのまにか、自分が雲になって流れていくようだ。深い悲しみでいっぱいの心が、泣きもだえながら、地上に干草を投げ落としていく。この詩にも造語がある。雲をあらわす単語はオブラキニ。複数形で、単数はオブラキニャ。これも辞書のどこを探してもない単語だ。ふつうロシア語の雲はオブラコ。イニャという接尾辞は、女性をあらわしている。たとえばバギーニャは女神。ゲライーニャはヒロイン。すると、雲は女神ということになる。女神の雲たちが泣きながら、空の高みを流れる。干草の雨。造語とメタファーが融合した、神話的な世界が現れた。短い詩なのに、物語を感じる。

四番目の詩には、詩作を通して、世界と自分のかかわりを意識し、自然とひとつの感覚を共有したいという詩人の思いが直截的にあふれる。自然に、また世界にじかにふれ、交感する感覚は、ここにあげた四つの詩のすべてに内在しているが、この最後の詩では、それが詩人の強い願いであることがはっきり表現されている。「僕の手の血管と／太陽が　一緒にふるえて／ひとつになること」、「ひとつの星の光線が　僕の目の光線に／キスする」。こうした自然や世界との交感を通して、詩が生まれる。冒頭にある、「地球がまわってるかどうか僕は知らない／それは　一行に一個の言葉が収まるかによる」が語るように、フレーブニコフにとって詩は、自然を科学の目で見るということではなく、自然を皮膚に感じること、また自然と同じ鼓動を打つのと同じ喜びであった。

マヤコフスキーはフレーブニコフを「詩のまことの騎士」といい、マンデリシュタムは「未来のため、百年も先の時に至る通路を掘ったもぐらみたいな男」と評した。こうした言葉が指し示すフレーブニコフの真髄は、たぶん、きょう私たちが読んだ詩にはじまり、さらにそのもっと先に広がっているに違いない。

Александр Блок

## アレクサンドル・ブローク
(1880-1921)

1880年　サンクトペテルブルグに生まれる。両親の離婚後母方の祖父の家庭で成長。
1903年　化学者メンデレーエフの娘と結婚
1904年　第一詩集『麗しき人』
1906年　サンクトペテルブルグ大学卒業。
1907年　連作詩『雪の仮面』
1912年　戯曲『薔薇と十字架』。
1918年　長篇詩『十二』、『スキタイ』
1921年　国外移住を申請するも却下される。
同年8月　病没。41歳。

## 二つの世紀

娘が　聖歌隊で　うたっていた
異郷の　すべての疲れた人たちのことを
海に出て行った　すべての船のことを
自分の喜びを忘れてしまった　すべての人のことを

その声は　丸天井に飛び去るようにうたって
光が　白い肩に輝いていた
だれもが　闇の中から　見つめ　聞き入った
白い服が　光の中でうたうのを

だれも思った　よろこびはおとずれる
すべての船が　しずかな入り江にいて
異郷にある疲れた人たちは

晴れやかな暮らしを　手に入れたと
その声はあまく　光はやわらかく
ただ　祭壇のとびら高くに
秘密を知る　幼い子がひとり　泣いていた
だれも戻ってはこないと

（«Девушка пела в церковном хоре ...» 一九〇五年八月）

一九二〇年、先達の詩人ウラジーミル・ソロヴィヨフの没後二〇年によせて、アレクサンドル・ブロークは、二〇世紀初頭をなかば予言的に、こう表現した。

二〇世紀初頭は、まったく別の新たな予兆と予感にみちみちて、いまも日々起こる出来事の終わりは見えず、予測することもできない。健康で、意識も確かな、冷静な人間でさえ、未来に向かって開け放たれた窓から絶えまなく吹き込む風に向かって立ちつづけることはできまい。やがてぼろぼろになり、病に伏すか、発狂するほかない。

この荒々しい時代は、ロシアに「銀の時代」といわれるほど豊穣な詩の実りをもたらす慈雨となった。そして、新しい予兆と予感をシンボルに置きかえ、時代の前半を席巻したのはシンボリズムの詩人たち。その一人がアレクサンドル・ブロークだった。

冒頭の詩は一九〇五年、二十五歳の時に書かれたものである。こめられた思いはたぶん、世紀末と新世紀初頭に、ロシアで起こった出来事や変化につながっている。ロシアをはなれて異郷にある同胞たちのこと、遥かかなたにある、アジアの海での戦いに出かけていった船のこと。

一九〇五年八月には、日露戦争での敗北は現実となっていた。詩のなかの戦争は、ごく簡潔に抽象化されたイメージで提示されているけれども、当時のロシアの人の心に沈んでいる真新しく具体的な記憶に強く結ばれている。人々には失われたものがある。空っぽになった場所を充たしてくれる祈りを受け止めようとして、人々は闇から光のある方向に目を凝らす。

読み手のまなざしは、歌声とともに下から天井にむかって、それからまた、歌う娘の肩先に降りてくる。こうしてロシアの教会の、垂直な空間があらわれる。そして四連目で、もう一度私たちの視線は上に導かれるが、今度は、歌声とともに降りてくることはない。そこに留まる。そこには幼な子イエスが泣いていて、それによって、異国に去った人も船も、戻ってこないことを知るからだ。この短い詩の空間構成は見事だ。

この垂直の空間はまた、地上に在るものと、至高の存在の距離を意識させる。地上に起こる出来事の行方を知るのは、地上の当事者でなく、天上から注がれるまなざしだけだ。これはシンボリズム独特の視点ではあるが、抽象的で概念的な「地上」ではなく、地上で起こった現実の出来事に結びつけられ、出来事がもたらした痛みを抱きつつ、闇から目を凝らして娘の歌に聴きいっている人間が対置されている。そういう風景が私たちの前に現出する。

教会の薄い闇と天上から差しこむ光の空間に漂うのは、聖歌隊によって歌われる穏やかな祈りの旋律だけではない。そこには、闇から目を凝らす人々が抱く時代への不安が沈黙のうちに流れている。そして同じものが、詩人の心の内に開けた空間を充たしている。

締めくくりの四行は、祈りにこめられた希望を打ち砕くものではあるが、詩の言葉とともに構築される高い空間は上下に分かたれ、その二つは交じりあうことがない。地上にある不安と祈り、天のみが知る運命は、水と油のように分かれ、それぞれの空間にあって、そして読み終えた後の耳には、祈りの旋律がかすかに尾を引いている。

この詩から一〇年近く経った一九一五年、七つの詩からなる小さな物語詩『ナイチンゲールの庭』が書かれた。

私は　潮の引いた　海底の泥に立って
層をなす岩壁をくだき
それから　私の疲れたろばは　運ぶ
そのかけらを　ふさふさした背にのせて

鉄道まで運び
堆に積み　それからまた　海へ
先導役は　毛深い足だ
ろばは　声をあげて鳴く

鳴く　角笛を吹くように
軽くなったもどり道が　うれしくて
道の傍には　涼やかな
緑陰の庭が　広がっている

高い　長い塀に沿って
薔薇の花々があふれ　こぼれて
ナイチンゲールが　日がな歌い
せせらぎが　木々が　何ごとかささやく

私のろばが　朗々と鳴くのは
決まって　庭の門のかたわら
庭では　誰かの笑い声がし
やがて　遠ざかり　歌っている

心をかきみだす歌に　耳をそばだて

ろばをせきたてながら　私はみつめている
切り立った　灼熱の岸に
青い闇が降りていくのを

（«Соловьиный сад», 1915）

物語に登場するのは、「私」とろばと「庭」。庭は詩の中に異質な空間をもたらす。現実のくっきりした輪郭をもたず、塀に視界を遮られ、陰が細部をぼかし、霧が色彩を薄め、音の響きはヴェールをかけられる。喧騒から高い塀で隔てられた「庭」は、日常から遠ざかり、休息し、ときに悦楽にひたる空間なのである。

石を切り出しては　ろばの背中に積み、鉄道駅に運ぶ帰りの夕暮れ時、決まって通りかかる庭。長くて、高い塀に囲まれた庭の向こうから、女が舞いうたい、私を庭に誘う。

私を呼ぶ　舞いと声に
忘れていた何かが見え
物憂いけだるさに　心ひかれ
塀の　その越えがたさが　いとおしい

（第二詩）

「私」は夜更け、女がみずから開いた扉から庭に入る。

いまだ知らぬ幸福のきわみを
知ったのは　私を抱く腕の中

石ころだらけの道も
哀れな友のことも　私は忘れた。

（第四詩）

薔薇が咲き誇る庭で女の腕に抱かれ、まどろんでいた「私」は、ふと甘いうた声に混じる潮騒の音に目覚め、ろばの声を耳にする。

青い窓を開けはなつと
空耳か
遠く　岩に砕ける波音のむこうに
訴えるように　鳴く声が　きこえた

（第六詩）

庭を抜け出し、家とろばを残してきた海岸に戻ってみると、そこに私の居場所はなく、

小屋のあった辺りの
私が踏み固めた小道から
つるはしを手に　男がひとり降りてきた
他人のろばを追いたてて

（第七詩）

現実を離脱して、「庭」で悦楽の時間を過ごしているあいだに、現実は、ひとつことを繰り返しているとみせて、実は先に進んでいた。かつてあったものは様変わりし、もとの居場所は他人のものになっている。ここには民話に似た物語構成がある。実直な働き者の男が、幸福を夢見て、ひとときを実直さを捨てて快楽のうちにすごし、戻ってみれば、沢山のときが流れて、我が家はなく、知る人もなくなっていたという話。

「私」は、石切の暮らしを営んでいたという意味で現実の一部だったのが、ふと「庭」に「行って」しまった。「庭」に行ってしまいたくなる気持ちは、逃避という名で呼ぶこともで

きる。いやなことがあった、日々の暮らしに倦んだ、もてあました、色々な理由で人は逃避する。「私」は「庭」に入ってひととき現実を忘れていたが、自分が強く結ばれているものの呼び声にわれに返って、自分の場所へと戻っていった。

一八八〇年に生まれ、旧世界の文化の土壌で精神世界を培ったブロークは、一九世紀にその知性の多くを負っていた。この時代の詩人の多くがそうであるように。

ブロークの祖父はサンクトペテルブルグ大学の学長を勤めた植物学者、祖母も母もフランス文学などの翻訳を手がける素養を持った人たちだった。『自伝』のなかで、ブロークは、祖父とともに、領地の草原や沼を歩き、植物の採集をしながら、植物の名を教えてもらったこと、モスクワには珍しい早生のリンゴの花やごく丈の低いしだを見つけて歓声をあげたことをなつかしく回想し、「あの時代はことごとく二度ともどらぬ過去となり、高揚感は失われた。あれは、リズムそのものが本当にゆっくりとした時代だった」と書いている。

この詩を読むとき、二〇世紀初頭の突風をうけ、一歩一歩の歩みさえ覚束なくなる現実に、ついこのあいだの穏やかな時間の流れが幻のようによぎるブロークの心の内がみえてくる。現実は後戻りできないほどに質的に変化し、空気に混じる草や木の匂いをよろこび、そぞろ歩く場所ではなくなった。詩の中で、「庭」に対置される、あたらしい現実もまた灰色を帯び、躍動する命の営みの場としては描かれない。描かなかったのではなく、描けなかった。ブロークは、かつてのように心を充たす空気をもとめて、現実をさまよったが、その空気は新世紀の現実には見つけられなかった。現実とは人が足を踏みしめて立つ場所に他ならない。あたらしい詩を組み立てる工場の敷地だ。

私の創作と生活の大事な要素は、女たちとペテルブルグの冬とモスクワ県のとびきりの自然だ。

（一九〇七年の『自伝』）

あらためて思うのは、ブロークの内にあった一九世紀と二〇世紀の深い乖離である。詩人の言葉を借りれば、「一九〇一年の一月は、一九〇〇年十二月とはもはや異なる印の下にあった」。二〇世紀におこることの兆しを一九世紀がすでに身内に孕んでいると感じていたとしても、二つの大きな時間のあいだに横たわる深淵を飛びこえるのは、至難のことだったのである。

## アレクサンドル・ブローク（1880-1921）

### 瑠璃色の霧をぬけて

夕べが　明るい条になって
ひんやりした鉄路に　尽きかけていた
おまえは　固く編んだおさげの　端正な姿で
枕木の　黒いしみを踏み　通り過ぎた
おまえの一瞥は　いやというほどの火で
僕を焼き　眩惑した
一瞬　単調なとどろきで
黒い列車が　僕らを分った

かすかに震える音で
線路が歌いやめたとたん　たしかに
信号は緑の灯で
僕に進めの合図をしたのに
おまえは　ずんずん遠ざかって
草はすでに色を失いはじめ
そこは埃がまきあがり　夜更けが
思いのままに　とばりを広げ
心乱す汽笛と煙の渦が
カーブの向こうの　丘にのぼった
流れ去った　むなしい一瞬
茜色に浮かぶ　緑の灯

（«Уж вечер светлой полосою...» 一九〇九年三月一日）

＊＊＊＊＊

アレクサンドル・ブロークは二〇世紀初頭に、シンボリズムの第二世代の一人として詩壇にあらわれて、『麗しき人』の連作で読者を魅了した。歌うようなリズムで繰りだされる詩行には、はっきりと見えないもの、影や光の移ろい、視界を一瞬によぎって消える「誰か」の存在が暗示され、声や吐息も聞こえるけれど、『麗しき人』の姿かたちは、瑠璃色の霧につつまれて見えない。

誰かがささやき　わらっている
瑠璃色の霧のむこうで
静寂のあまり　落ちこむ僕に
又も　あまやかな彼の国の　笑う声

又も　ささやく　ささやきながら
誰かが　愛撫する　夢のように
女であるらしい　誰かの吐息に
そこにこそ　僕の永遠の喜びがある！

（後略）

（一九〇一年五月二十日）

一九世紀末に生まれたロシアのシンボリズムは、それ以前のロシアの詩の表現や、表現に対する詩人の意識を大きく変えてしまった。一体どんな風に変えたのだろう。その原理のようなものを、詩人のアンドレイ・ベールイは次のように表現した。

シンボリズムの特性は、現実の中にある表象を、意識が経験する内容を伝える手段として用いるところにある。その表象は、それを受けとめる主体の意識に左右されるので、重点は表象そのものから、それを感得する方法へと移る。（中略）意識が体験する内容のひな形としての表象、これがシンボルであり、表象を用いて心的体験をシンボル化する方法、これがシンボリズムである。

（『アラベスク』一九一一年）

定義とはいつもむずかしいものだ。少し言葉を変えてみるとこうなる。空や光、闇、長く続く道や、窓。これは、どれも現実の表象。こういう表象を、たとえば「美」や「永遠」のように捉えがたいもの、また詩人の内部に宿る不安や焦燥、何かをきっかけに主体をとらえる気分、実体として捉えにくい意識や無意識、あふれでる思い、空間を充たす雰囲気、時には世界、宇宙という空間そのものを表現するための効果的な手段として使ってみよう、そういうことだ。

それまでの詩では、雪や空や道や窓を、そのままの姿と意味でうたっていたのを、詩人たちが内的体験を暗示する手段にしはじめたのは、自己表出の渇望が高まって、読者をとらえる、もっと効果的な表現方法を探しはじめたからだろう。それは、時代が詩人たちに求めたものであり、変化の予兆を感じとったさまざまな個性がシンボリズムへと集った所以でもある。

同じくシンボリストであったワレーリイ・ブリューソフの詩も引いてみる。

やわらかな風が顔をなで
暗い雲の上の　真紅の輝きが消えると
今日も　あの隠れ家に
僕は行く　夕べの時

誰かが　優しく　抜かりなく
四方から　闇を広げる
そうして僕は　つかのま至福に酔う

ひとりでいることの至福に！

（一九〇七年五月〜六月）

この詩にも、ブロークの『麗しき人』にあるのと同じ、抒情主体が心身を陶酔のうちにゆだねる空間と、それを充たす空気が漂っているものの、実体のある表象はどこにも見当たらない。風、雲、隠れ家、闇のすべてがシンボルになって、ちりばめられている。

冒頭の詩は、連作『麗しき人』の八年後に書かれた。「僕」を眩惑する「麗しき人」はこの詩にも登場するが、霧の向こうに見え隠れするのでなく、地上的で実在感のある姿をしている。固く編んだおさげ、ひんやりした鉄路、枕木の黒いしみ、いくつもの具体的なものが、女の姿に実感のある背景を与えている。列車の疾走にさえぎられたわずかな時間に、女は遠ざかり、風景は夜へと暗転して、詩の言葉にとらえられた一瞬のドラマが、読むものの身内に広がる。それは、シンボリズムの霧からブロークが抜け出し、豊穣なイメージの土壌の在り処を探り当てたことを示す証のように思えるほどだ。

それでもなお、このドラマには、シンボリズムの香りがただよう。時間という要素との深いかかわりである。黄昏から夜の闇への転換は、黒い列車が走りすぎ、信号が緑に変わることによって起こった。夕暮れ時のうす闇は、昼と夜を分かつ狭間であり、そこに女との出会いが位置づけられた。夜はすべてを漆黒に沈める。女は遠ざかり、草も緑の色を失う。時間の境目に非日常が一瞬視界をよぎり、たちまち闇が支配する時間に滑りこんでいく。この時間の切り分けは、シンボリズムならではのものだ。黒い列車はシンボルとして機能し、時間を日常と非日常に切り分け、緑色の信号は非日常からのメッセージを伝えた。この詩が、具象によって日常の風景をつくりだしながら、なおも現実からの離脱という感覚に誘うのは、そのためである。黄昏から闇へ去った女は、喪失感ではなく、かすかな陶酔を、「僕」にのこしていったはずだ。

つまり、この詩は初期の詩に比べれば地表に近づいているが、それにもかかわらず、シンボリズムの詩に特有な、人を陶酔に誘う空気に満ちている。つまり、ひとつの詩の中で、実体を備えた表象と、シンボルとして機能する表象が共存しているということだ。

＊＊＊＊＊

刈りいれのすんだ畑を　ゆっくりと
僕の質実な友　君と歩く
心があふれてくる

村の　薄暗い教会にいるみたいに

秋の日は高く　ひっそりと
聞こえるのは　烏が
仲間を呼ぶ　くぐもった声と
老婆がする　咳

穀物乾燥小屋は　煙を低くひろげる
そこで　僕らはしばらく
じっと見つめている
鶴のとぶさまを

飛ぶ　飛ぶ　斜角になり
先導は声をあげ　鳴く
何と鳴く　何と鳴く　何と
秋の声は　何と鳴くのか

低く広がる　赤貧の村は
数え切れず　目でも測れない
たそがれの時　はるかな草地には
たき火が　輝く

赤貧なる　僕の国
おまえは　一体僕の何なのか
僕の貧しい妻よ
おまえは何を泣く

（一九〇九年一月）

これは、ブロークのもう一つの詩。冒頭の詩とほぼ同時期に書かれた。ここでは、「僕」の心的体験がシンボルに全面的に託される手法はなく、主体の意識が詩の中をじかに流れ、動いていく。刈りいれのすんだ畑も、薄暗い教会も、烏も、老婆のする咳も、穀物乾燥小屋も、そこからあがる煙も、表象は実体で充たされ、地上の風景の中を、友と歩き、音に耳を澄ます「僕」の意識は、まるで霧が晴れたかのように、自分の内側から外にあるものにむかって、他者にむかって開かれている。自分の悲嘆でなく、他者の痛みにむかって。

みじかい時間枠の中で書かれた三つの、手法が大きく異なる詩を読むだけでも、ブロークの詩作が、複雑な進化の、あるいは深化のプロセスをたどったらしいことは、推測に難くない。たしかに、シンボリズムは、書く側にも読み手にも言葉への鋭い感覚を磨くことを求めたという点において、魅力的な鍛錬の場であった。シンボリズムは、やがて後続の詩才によって決別を宣言され、新しい詩の潮流にとって代わられたが、ブロークにとって、それは最後まで、創作上の紆余曲折を経てもなお、表現の選択肢としてありつづけたように感じる。

ブロークが一九一九年、ローマ時代の政治家カティリナについて書いた文章のなかに、注意を引く一文がある。

詩は、歴史的な、神話的な光景を描きたくなったから書くというものではない。一見まったく抽象的で、時代に何のかかわりも持たないように見える内容の詩も、実に具体的で、日常的な出来事に触発されて書かれるものなのだ。

ブロークは、時代の突風を身に受けながら、時代にいつも向き合う詩人であろうとし、懐のなかに、シンボリズムという武器を捨て去ることなく温めていたのかもしれない。その武器が、時代と先鋭的に切り結ぶ力を失った後にも。

Иван Бунин

## イワン・ブーニン
（1870-1953）

1870年　ヴォロネジの貴族の家庭に生まれる
1886年　中等学校を学費未納で退学
1889年　新聞の編集部に勤務
1895年　ペテルブルグに上京
1897年　短篇集『地の果てに』
1901年　詩集『落葉』刊行
1903年　プーシキン賞受賞
1911～16年　散文集『涸れ谷』
1920年　パリに亡命
1925年　『ミーチャの恋』
1927～33年　『アルセーニエフの生涯』
1933年　ノーベル文学賞受賞
1938～40年　短篇集『暗い並木』刊行
1953年　パリで死去。83歳。

生命の祝祭と死

## 聖ペテロの日

ルサルカよ　妖精の娘たちよ
今日が　最後の一日
森のむこうに　光が差し
空が白むと
棍棒を手に
村々から男たちが
森ぎわの　青色をした
つめたい麦の海にむかってくる
あたしたちは川から上がり　窪地に
窪地から　崖をのぼり
白樺の林をぬけ

原っぱの方へ
東の　明けがたの光にむかって
銀色の夜明けに
麦畑にむかって
青みがかった灰色の　朝つゆの
真珠をふんで走る
娘たちよ
草原では　物音が鮮かに響きだす
木陰の小川は　色をなくし
紅に染まる霧につつまれて
白樺の林は　切り株が匂いたつ
丘の斜面や　岸辺の林
葉は濃い緑にしげり　波打つ
朝方には
朝方には　水はぬるみ
銀色の草の茂みは　つめたい

蜜の香りをはなって　鬱蒼と濃い
ほら　棍棒をもって　追いかけてくる
それなら　あたしたちは　一斉に斜面を下り
森のはずれへ　白樺をぬけて
走るうちに　おさげをふり乱し
露のなかに　どっと倒れて
涙が出るほど
くすぐりあおう
大声で笑って　人間へのあてつけに
麦をもみくちゃにしてやろう！
妖精たちよ
立って　夜明けをごらん
白んだ東の空が　紅になって　広がる
朝焼けが広がる野は　ひろびろしている
人っ子一人いやしない
夜明けの真紅の光と

茎の上の
つめたい大粒の真珠があるだけ
裸のあたしたちは
誰にも　縁もゆかりもなく
森のはずれや　森の小さな草地にいる
腰まで霧をまとい　微かな影になって
さあみんな　そろそろ帰らなくちゃ
家に
空では　お日様が熱い
ペテロの日を迎え　日差しがきらきら
聖イリヤの日まで　雨はおあずけ
埃と　日照り
灼熱の光線が　ずっと
麦をこがすだけ
でも　この淵は　ずっと
暗い　光はとどかない

（«Петров день», 1906）

ブーニンの詩や散文には、ロシアの農村があふれるように描かれている。名のある貴族を祖先に持ちながら農奴制の廃止以降は零落した地主の父が最後に移り住んだ領地は、ブーニンの幼年時代になくてはならない場所になった。「七歳ごろから私の日々はいつも、畑や百姓小屋や、百姓たちとともにあった。中等学校の夏休みは、近くの村々に住む、昔農奴だった百姓たちの家に入り浸った」。農民たちの暮らしと農村の自然に溶けこむように時をすごし、書物のなかで出会う見たこともない山や滝のイメージ、ずんぐりと太った農夫の姿に心を揺さぶられて、ブーニンは初めて、「書きたいという不安に似た激しい渇望」を覚えた。

聖ペテロの日は旧暦の六月二十九日。キリスト教の聖人にゆかりのこの日は、農民にとっては、あくまでも、夏の農作業の始まりをつげる暦の区切りだ。この日に精進は終わり、夏の草刈りが始まる。男たちが大きな鎌をふり、草を刈る。女たちは草をかき集める。それはやがて大きな山に積み上げられ、陽にさらされ、冬のあいだの家畜の飼料となり、布団に詰められて寝床にかぐわしい香りを放つ。森にはヤマドリ茸やハツ茸が育ち、キイチゴやスグリが実をつける。この日農民は羊を屠り、鶏をさばき、精進明けの食卓を彩った。夏の草刈りは、農村の祝祭であり、そこには異教的な色彩の濃い、太陽への崇拝がある。麦や農作物の豊かな実り、そして草刈りの間の好天を約束する太陽への願いは、農民の多くの歌謡に繰り返しうたわれた。

この詩は、祝祭の始まりとなる聖ペテロの日の夜明けを描いたものだ。詩の主体は、ルサルカである。ルサルカは水辺に棲む妖精のこと。亜麻色の髪をして、裸や白っぽい着衣で現われて、人間にさまざまないたずらをする。若者を水中に引きずりこんだり、くすぐったり、木の上で歌をうたっていたり、夜、人々が集まって焚火をしていると息を吹きかけて火を消してしまうこともある。ルサルカだけでなく、こうした妖精や妖怪のイメージは昔から農民の間に根づいて、不思議な自然現象や思いがけない出来事は、妖怪の仕業と考えられてきた。

ルサルカはペテロの日の訪れとともにこの地上から去っていくと、ロシアの民間の言い伝えにある。人間に見つかれば、棍棒でたたき出される。地上から水底に去る日の夜明けの時間を、ルサルカは思いきり楽しむ。この詩を読んでいると、夜明けのつかの間に変化する光、色、妖精たちの躍動に、夏のロシアの草原に、たちまち連れ去られる気分になる。夜明けの、朝露にぬれた草むらを走り、麦畑を踏みしだき、倒れこんではふざけあう。帰らなければならないまでの時間を楽しむ。ブーニンが描きだすルサルカには、若い娘たちの力強いエネルギーが備わっている。村の農家の娘たちかと見ちがえるほどだ。「おさげをふり乱し」には、おさげ姿の農家の娘と、髪をふり乱してあらわれるルサルカのイメージが重なる。

ルサルカは人を惑わし、ときに水に引きこんで溺れさせる妖怪でありながら、強い生命力をもった人間でもある。それはルサルカが、死んで冥界に沈んだ女たちだからだ。しかも若く。彼女たちは「川からあがり」、地上にやってきて悪さをし、やがて光のとどかない淵を通って、もとの世界に戻っていく。ルサルカのイメージに恐ろしさとみずみずしいエネルギー、時に若い娘の美しい姿が重なるのは、人が自然を愛し、かつ畏れる、二つの相反する気持ちを抱くのと同じであろう。自然は、生命が生まれては死んでいく繰りかえしの場であり、それは人間にとっても、自然にとっても同じことだ。いいかえれば、人間は苛酷な摂理をもって営まれる自然の一部なのだ。生命の芽吹きと死が繰り返して織りなされる世界の営みは、人間の記憶に刻まれて、春が訪れるたび、秋の風が色づいた葉を地上に落とすたび、人間に「いのち」の意味を思い起こさせる。

墓の上に　草は伸びる　伸びる
緑の草　楽しげに　生き生きと
雨の恵みが　墓石を洗い
用のない碑銘は　苔がおおった
（中略）
大地よ　あまやかな春の声よ

## 喪うことにも　幸はあるのか　（一九〇六年）

そうであれば、ブーニンが一九世紀末から二〇世紀初頭のロシアの村を描くとき、とりわけ散文のなかに、農村の日々の営み、菜園に実るリンゴや穀物や畑の土の香り、季節の変化、木々の芽吹きや草花の色彩、雪を踏む音、手のかじかみ、凍りつく窓、それらの描写とともに、光の見えない赤貧と餓え、鬱屈、暴力のなかに置き去りにされた人が描かれるのは当然の結果である。農婦、子供、暖炉職人、教会付属学校の教師。これら人間の希望のない生もまた、ブーニンの作品の中で、自然の摂理であるかに思えてくる。『賑やかな家』（一九一一年）という逆説的な題を持つ短篇でブーニンは、ほかでもない、その赤貧、暴力、餓えのなかで、状況にあらがうことなく、ただひとつ、血を分けた息子への執着をたちきれないまま枯れ枝が折れるように死んでいく女の姿を克明に、彫琢するように描いた。この時代のロシアの農村を描いた、まぎれもない秀作である。

ブーニンが深く愛着した農村には、あたかも一つの体が二つに引き裂かれるような痛ましさがある。それは痛ましさゆえにブーニンの心をとらえて離さず、そこから去りがたくもしたのだった。状況にあらがわず、耐え、祈り、死によってはじめて救済される人々。

親のいない娘についての短い詩がある。

埃っぽい街道を　小さな娘が歩いていた
曠野で道を失うことにおびえて
通りがかりの男は　一瞥し
継母のもとにお帰りといった

長い草原をいくつも　通った
暗い夜が怖くて　泣いた
通りがかりの天使が　穏やかなまなざしをむけて
目を伏せた

丘にさしかかって　娘は
でこぼこの小道を　のぼっていった
のぼりきると　神様に出会った
慈愛のこもった目で　見つめた

「おやめ　小さなお墓で眠る
おかあさんを　起こすのはむりだ
わたしの娘におなり」といって
娘を　天国に連れて行った

（一九〇七年）

『聖ペテロの日』はプーシキン以来の伝統的な強弱格で書かれ、破格で不意を突くこともない。しかし言葉のすばやい動きと変化、話し言葉の持つエネルギー、多くはないが印象的な暗喩で、新しい世紀の詩の位置を明確にしている。その特性は、ブーニンの筆が、ロシアの自然、農村、そこに生きる人間たちを描くときに際立つものとなった。新しい詩の潮流が次々と生まれ、古い形式をのりこえる作風が詩壇を席巻していくときにも、ブーニンは、初期のわずかな時期を除いて、伝統的なスタイルを崩さなかった。散文も例外ではない。

社会主義革命に強い拒否を示してロシアを去ったブーニンは、オデッサからパリに逃れていった。亡命した作家たちが失うものの中で、生まれ育った風土以上に大きなものはないだろうが、ブーニンの中で耕された土と、そこに蒔かれた種は、その後も多くの実りをもたらすことになった。

Иннокентий Анненский

## インノケンティ・アンネンスキー
(1855-1910)

1855年　西シベリアのオムスクに生まれる。
1875年　ペテルブルグ大学比較言語学科に入学。
1879年　ギムナジウムに奉職。
1904年　詩集『小声で歌う』を匿名で自費出版する。
1906年　文学論集『反映の書』刊行。
1906年　サンクトペテルブルグ学区視学官に就任。
1909年　心臓発作で死亡。54歳。
1910年　詩集『糸杉の箱』が死後に刊行される。

## 遅れてきた「シンボリスト」——

### 冬の終わりの月の夜

僕らは　小さな駅にいる
夜更けの　しんとした月夜
僕らはとりのこされた
森の空き地
夢か　それとも本当に
僕らは　この小さな駅にいて
この夜更けに　とりのこされたのか
何て遠くにきてしまった
疲れきった機関車よ！
板はうす黄色
銀色がかった黄色

枕木に　死んで溶けかけた
霜が　貼りついている
まさか　あそこに来てしまったのか
疲れきった機関車よ
月の光をあびている静寂
それとも　ただの幻か
この影たちも　この
機関車のもらす息も
それから　真珠色の月が
銀色に染めあげた
あの　のっぽで黒服の
要らない灯りをもった
警備員も
あれは影絵か
リンリン　音が通り過ぎた
この夢のかたわらを

とりかえしようなく
もどしようもなく
歌いのこし　途切れた
そして　どこかで　なりつづける
かすかに　なりつづける夢のかたわらを

一九〇六年三月二十七日。ヴォログダ・トチマ街道にて　　　　（『糸杉の箱』所収）

たとえば二〇世紀の詩を集めたアンソロジーを開くと、アンネンスキーはシンボリズムの詩人に分類されている。生まれた年は一八五五年で、一九〇九年にはこの世を去った。ボードレールやヴェルレーヌ、ランボーやマラルメら、フランスの象徴主義詩人を好んで翻訳した。けれどもロシアに興ったシンボリズムの運動には参加することなく、ギムナジウムに教師として奉職し、ラテン語やギリシャ語を教え、授業や学校の雑務のかたわら、一人でぽつぽつ詩を書いたり翻訳したりし、自分を詩人と名乗ることはなかった。生前に自費で出版した詩集には『小声で歌う』という表題がついていた。筆名は Nik.T-o、イニシャルのように見えて、実はロシア語の否定代名詞 nikto。「誰でもない」、「名のるほどの者ではない」ということかもしれない。こうしてアンネンスキーは正体を隠して、作品を世に送り出したので、誰も、詩集の作者が誰かを知ることはなかった。二冊目の詩集はアンネンスキーの死後、息子の手で『糸杉の箱』と名付けられ、一九一〇年に出版された。冒頭の詩は、『糸杉の箱』に収められている。アンネンスキーはシンボリストだったのだろうか。

『冬の終わりの月の夜』には、「一九〇六年三月二十七日ヴォログダ・トチマ街道にて」の添え書きがある。旅の途中で書いた詩のようだ。抒情主体は、列車に乗り、気がつけば遠い土地の小さな駅にいた。疲れ果てた機関車と自分と。夜更けの駅は月光を浴びて明るい。足もとを照らす灯もいらないくらいに。機関車も、線路の枕木も銀色に染まり、黒服の警備員は影絵のようだ。月の光を照射することで、風景は現実からはなれ、主体の内面のものとなる。これはシンボリズムの手法だ。アンネンスキーがシンボリストに分類される所以かもしれない。

ふと主体は気づく。小さな駅も、機関車も、警備員も影絵ではないか。そして読み手もまた、この実体のうすい影が抒情主体をとらえている想念であることを知る。「僕ら」という一人称複数によって語られるのは、主体と、彼をこの小さな駅に連れてきた機関車である。機関車。それは実は主体の想念が作り出した、この旅にいつも寄り添ってきた疲れ果てた分身。

つまり、ここで読み手の眼前に広がるのは、現実の風景ではなくて、主体の内面のはずである。ところが、アンネンスキーは添え書きに、「一九〇六年三月二十七日ヴォログダ・トチマ街道にて」と書いたので、読み手は、現実の風景のなかにある主体を想像するのだ。ただし、添え書きもまた詩の一部であることを忘れてはいけない。こうして、言葉が読み手の内面に投影する風景のなかで、現実と内面の空想が交じりあい、境界の不分明な、それでいて不思議に現実感のある場所へ、読み手は誘いこまれることになる。

アンネンスキーは、一九世紀の作家ゴーゴリの作品にみる幻想の形を論じた文章の中で、こんなことを書いている。

幻想と現実は互いのなかに入りこむ、とりわけ芸術において。芸術は現実の生活を描くというだけでなく、その内側をひろげてみせる、そうやって、人間の内面で起こっていることを具象化するのだ。

「冬の終わりの月の夜」は、まさにこの言葉のとおり、主体の内面を詩のカンバスに風景として描いている。風景に託された主体の内面は、周囲の世界から隔絶し、孤立し、そして、そんな風に存在する自分自身に疲れきっている。彼には、最後まで歌いとおすことのできなかった夢があり、その夢と一緒に夜更けの駅に永遠にとりのこされた。主体は、自分の孤独なままの最後を風景の中に見ている。

そして、この絵を批評する言葉は、やはり詩人自身のものだ。

詩人の真実のこもった繊細な自己分析によって浮かびあがる世界がおそろしくないはずはないが、私にとっては吐き気を催すものにはならない。その世界は、私だからだ。

（『詩とは何であるのか』一九〇三）

ひきこもりの抒情主体と、その外側にある世界の関係とはどのようなものなのか。アンネンスキーは、外側の世界はおそろしいが、嫌悪すべきものではない、その世界は自分自身だから、という。もっと突き詰めていうと、外にある世界は、おそろしいけれど、詩人にとってはとても親密なものなのだ。そうでなければ、これほどたびたび、外界と自分の関係、外界への意識を詩に表現することはなかっただろう。「旅にて」と題された次の詩では、まなざしの先にある物や形、音に主体が反応し、心が動くのが感じられる。

つめたい雨が　やんだ
暗い灰色の霧が　空をうごくが
畑や木立のうえに降りそそぐものは
さながら　ミルク色にきらめく

待ちわびた朝に
凍てつく日を予感して
荷車の列は　身動きもしない
燃え尽きた焚火のそばで

仔馬が駆ける　こつこつと
鳥たちはおずおず　うたいだし
そして　農夫らは　荷車の
筵の下で　悪夢にうなされる

やりきれない

物音の気配すら
どうか黙って　うす闇のなかに
思いは　思いを　いざなえ

影が　大地から　まだ去らないうちに
穀物乾燥場は　どこも　たちのぼる煙に沈み
井戸の竿は　桶とともに
背を伸ばして起ちながら　低くうめく

袋を担ぎ　裸足の　老いた人が行く
赤貧が　物語を紡ぎはじめる
ああ　胸の苛むこと！
僕らの心は　心は

（『旅にて』。詩集『小声で歌う』所収。一九〇四年）

一読してこの詩は、「冬の終わりの月の夜」とはまったく別なものであることが分かる。「冬の終わりの月の夜」には、たしかにシンボリズムの手法があった。しかしアンネンスキーの詩は無意識にそれを超えようとして動く。この詩に、そういう動きを感じる。外界が、照射された内面でなく、幻覚でもなく、美しく具体的な形を備え、音が響き、冷たい大気が流れる風景として描かれる。この魅惑的な風景の中に、主体は苦悩の声を聞きつける。この詩の中で苦悩するのは主体ばかりではない。風景そのものが苦痛にあえいでいる。この苦痛に反応せずにいられない主体の感情も同様に響いている。

これは、ある時期のブロークの詩を思わせる。覚えているだろうか。ブロークはシンボリズムの方法を手放さずに、ほぼ同じ時期に見違えるような別の「風景」の詩を書いていた。

アンネンスキーはブロークよりも二五年も先に生まれて、詩を書きつづけていたが、そのブロークの前に、アンネンスキーは無名の詩人として登場した。詩集『小声で歌う』が出版されたとき、ブロークは作者不詳の詩集にとまどいながら、ときに未熟に思える詩行を走り読みするうちに、ふいに思いがけない「出会い」をした時のような、未知の感情がわくのを感じたと記している。

それは、背負いきれない重い寂寥に打ちのめされ、獣のように孤独に身をひそめた人間の魂にふれたような感覚だった。

一九〇九年アンネンスキーは冒頭の詩そのままに、サンクトペテルブルグ郊外の、ツァールスコエ・セローの駅の階段で心臓発作に襲われ、世を去った。詩人の死後に出版された詩集『糸杉の箱』に、ブロークは自分との近さを感じたようだ。献呈された詩集の感想を、ブロークは詩人の息子への手紙にこう書いた。

いま、この春に感じている疲労感、心のすさみ、その一切を貫いて、この本は僕の心に染み通ってきます。潜り抜けてきた心の体験が途方もなく似かよっていて、自分自身をふりかえり、あれはそういうことだったかと気づかされるのです。

二〇世紀に入って、アンネンスキーはようやく最初の詩集を刊行し、散発的に詩作品を発表して、ギムナジウムの教師ではない、詩人として生き始める。その頃にはシンボリズムに代わるべき、新しい詩運動がいくつか動きはじめて、これらの詩人たちとの交流も少しずつ生まれた。

それでもなお、詩流の興亡には関与することなく、アンネンスキーは自身の詩空間で外界との葛藤をつづけた。人間の心の奥で吹き荒れる嵐の激しさを誰が知ろうか。その証である詩は、作者の手で、糸杉の木でできた箱にしまわれていたが、詩人が世界から去った後、箱を抜けだして、アフマートワ、グミリョフなどシンボリズム以降の、次世代の詩人に読まれ、支持され、影響を及ぼし、そうして後世に伝えられることになった。

Николай Гумилёв

## ニコライ・グミリョフ
（1886-1921）

1886年　バルチック艦隊の軍港クロンシュタットで軍医の家庭に生まれる。幼少期をペテルブルグ郊外ツァールスコエ・セロで送る。

1895年　ペテルブルグに転居。

1908年　第一詩集『ロマンティックな花たち』。

1909年　ペテルブルグ大学に入学。アフリカ旅行。

1910年　アンナ・アフマートワ（ゴレンコ）と結婚。1913年に破局。詩集『真珠』を刊行、世に知られる。

1911年　アクメイズムを掲げ、アフマートワ、マンデリシュタムらと『詩人工場』を結成。

1912年　詩集『異郷の空』

1914年　第一次大戦に志願兵として従軍。

1918～21年　詩集『焚火』、『天幕』など。

1921年8月　反革命謀議の容疑で拘束され、銃殺。36歳。

アクメイズムを生きる――

## 少年時代

子供のころに好きだったのは
蜂蜜のかおる草原
点在する小さな木立　乾いた草
草叢から見える牛の角

道端の埃っぽい繁みは　僕に
声をかけたものだ　「私が何に見えるかな
そっとまわりをひとまわりしてごらん
何者か分かる！」

ひとり　乱暴な秋の風が

音をたてて吹きぬけ　静まると
心臓の鼓動はさらに幸福に高鳴り
僕は信じたものだ　死ぬときだって

ひとりじゃない　友達と一緒なんだと
フキタンポポや　牛蒡と
そして　遠い空の彼方にのぼったときには
きっと悟るんだ　色んなことを

雷雨がひまつぶしに轟かす戦さの
あの気まぐれを　僕が好きなのは
草を濡らすエメラルド色の滴りのきよらかさが
人の血に　いささかも劣らないから

（«Детство»、詩集『かがり火』所収、一九一六）

ニコライ・グミリョフは病弱な子供だった。気管支炎をわずらい、学校へも思うように通えず、母親が雇ってくれた家庭教師について勉強し、後に入学したペテルブルグの中等学校でもろくな成績は収められずに、優等生の道からはどんどんそれていったが、それは幸福な時間だったようだ。親は勉強を強いることなく、道がそれるにまかせてくれた。そこには詩が待っていた。

グミリョフは後にこういっている。「創作への意欲が格別たかまるとき、僕はまるでふたつの生を同時に生きている感じがする、半身は今日という日を、別な半分はかつての、子供の時代を」。

子供の時間は、大人の生きる時間とは別の秩序の中にある。一瞬の速度も、中味も、空気の濃密さも違う。だからこそ大人になっても、人間は子供の時代を、大人にいたる一直線な時間ではなく、ひとつの、別の秩序を持った世界として、失うことなく、自分の中に保持することができる。グミリョフは、その世界を、詩を生み出す源泉と感じていた。

『少年時代』をグミリョフは、一九一六年三十歳のときに書いた。この詩は、大人が子供の情景を第三者の視点で観賞したものではなく、詩人自身の少年時代を書く。それはいうまでもなく、少年の時代のそのままでなく、三十歳のグミリョフのなかに保存され、無意識に上書きされ、更新されつづけている風景であり、感覚である。

病弱な少年が、ペテルブルグ郊外の小さな鉄道駅近くにある屋敷から出て、周辺の森や野を歩き、寝転び、いわくありげな繁みにしりごみし、雷雨の不意打ちをくらい、濡れた草のみずみずしい色彩にみとれ、その香りを嗅いだときに感じた自然との一体感。これは、そのときに記憶に刻まれたたしかな感覚だろう。その感覚は記憶の「核」として、風景とともに心の奥にしまいこまれる。子供の頃に読み、必ずもう一度読もうと思いつつ棚の奥に突っこまれ、そのまま長く開かれることのない本。

長いときを経て変色した本のページを繰れば、体験がもたらす新たな視点は、描かれた風景に新しい色彩を与える。また、子供の頃には感じられなかった何かが見えることもある。大人になったグミリョフが少年時代の風景を詩に仕立て、自然の中にある幸福感を書くとき、「核」の部分は厳然としてあるとしても、そこには「何か」が新たに、かつてあったものが確実な変化を遂げて在る。そういう意味においても、子供であった時間は、永遠に失われた時間であることも、たしかなことだ。

三十歳のグミリョフは、詩の中で三〇年間の体験と意識のまま、子供にかえっている。今の自分を少年の頃の自分にすべりこませ、子供の姿で現在の自分に心情を語らせている。『少年時代』と題された詩の中心に据えられているのは死である。正確にいえば死への意識である。

「死ぬときだって／ひとりじゃない」と感じた心は、まるごと少年のものではない。病弱な少年は死を考えるかも知れない。まわりの自然と一体化する感覚で、少年が抱いた死への怖れは遠のいたかもしれない。それはそれとして、私の目には、戦線を経験したグミリョフの姿が浮かぶ。詩の最後におかれた四行では、戦場の風景と自然の風景とが重なり、そこにいるのは、たしかに軍服を着たグミリョフの姿である。語られる言葉には、戦場の死が慣れ親しんだ自然の営みに昇華されることへの確信、というよりも願いがある。

グミリョフは一九一四年第一次大戦が勃発するとまもなく、軽騎兵連隊に志願兵として入隊し、戦線に赴いた。戦線からは詩人が書く戦況報告も送られてくる。ゲオルギー勲章を二度授けられるほどの戦功も挙げた。戦場でグミリョフがどういう体験をくぐりぬけたかは知りえないが、戦争は死との出会いの場である。生身の死を目にしなかったはずはない。

雷雨がひまつぶしに轟かす戦さの
あの気まぐれを　僕が好きなのは
草を濡らすエメラルド色の滴りのきよらかさが
人の血に　いささかも劣らないから

流される人の血の神聖さと自然を支配するものの神聖さとが計られ、そのいずれにも抱く敬意は等しいものとなる。たぶん、というのはそう推測するほかはないからだが、戦場を通過して、死に換えがたく生の営みを愛する気持ちが、切実なものになった。または、戦場を通過し、死を実体験してなお、この幸福な感覚は失われることがなかったというべきか。死は肉体の滅びであるからこそ、生の喜びと同じ流れの先にある。生きることはひとしおいとおしい営みとなる。

この詩からほぼ三年後に、『彷徨う電車』と題された強い印象を与える詩が書かれた。

見知らぬ通りを歩いていると
不意に烏の群のしきりに鳴く声
リュートの響き　遠い雷鳴
目の前を市電が飛んでいた

ステップにどう跳びのったか
自分でもふしぎだった
電車は空中に　炎の道を
印していった　真昼の光の中

翼を広げた　黒い暴風になり　走る
時の深淵に踏み迷い
（中略）

棕櫚の林を駆け抜け
ネヴァの　ナイルの　セーヌの
三つの橋をわたった

ひとつの窓に　よぎった目は
探る目つきで　僕らを見送った
老いた乞食　あれは間違いなく
一年前ベイルートで死んだ男だ
（中略）
看板がみえる血まみれの文字は
『青果』　売っているのは
キャベツでも　蕪でもない

死人の首だ

赤いシャツに　牛の乳房みたいな顔の
刑吏が　首をひとつ僕に切りとってくれた
それは　他のと一緒にころがってた
つるつるした箱の底に

小路に見える板張りの塀
三つの窓のある家　灰色の芝生……
（中略）
マーシェンカ　君はここで暮らし歌ってた
花婿の僕に　絨毯を織ってた
君の声は　どこだ　体は
もしかして　死んでしまったのか君は
（中略）
正教のたしかな砦がみえる

イサークの尖塔が高空に
あそこで僕は　マーシェンカの
息災を祈り　僕自身の追悼をする
（後略）

（« Заблудившийся трамвай », 1920）

研究者の指摘を待つまでもなく、これらの詩行からすぐ思い浮かぶのはダンテの『神曲』であろう。見知らぬ街で、目の前を通りかかった市電に跳びのった主体は、炎の道を嵐のように疾走しながら、時の深淵にふみ迷い、地獄の光景を目の当たりにしていく。市電の中から見えてくるのは、かつての自分がいた場所であり風景だ。すごしてきた時間と空間、プーシキンやゴーゴリの文学作品など、さまざまな出自をもつレミニセンスに彩られながら浮かび上がってくる「死」は、親しいものを奪い、詩人の生の途上に立ちはだかってくる悪意だ。地獄をめぐるなかで、愛した人の清らかな面影もよぎる。ペテルブルグの幼少年期、パリへの遊学やアフリカ、中東への旅、足繁く通ったなつかしい恋人の家。

地獄のイメージで語られる「死」は、流れていた幸福な時間を切断し、時代を否応なく終了させる大きな力、押し返せない奔流のようなものだ。後にとりあげるマンデリシュタムをはじめ、一九世紀から二〇世紀を跨ぎ生きた詩人たちの多くに、時代の連続が断ち切られることは、自分が生きてきた場の死と映った。少なくとも若い感性にとって、その意味は小さくない。そして多くの詩人が時代の終わりを「死」というシンボルによって歌い、マンデリシュタムがいう「疾風怒濤の時代」に告別した。グミリョフはかつてアクメイズムを標榜し、シンボリズムと一線を画したが、この詩には、シンボリズムへの「後退」がみえる。グミリョフらが抱いた不安も喪失感も、その本質ゆえに、アクメではない、この形でしか表現できなかったということができるかも知れない。それにもかかわらず、詩人の生き方の根底にあるのは一貫して、生に参画しようとする能動的な意志だった。

『シンボリズムの遺産とアクメイズム』と題する論文のなかでグミリョフは書いている。

自分がさまざまな現象の一部であると感じるとき、僕らは世界のリズムに関わることができ、あらゆる作用をみずからの身に受けとめ、みずからもまた作用を及ぼす。僕らの義務、僕らの意志、僕らの幸福そして悲劇とは、僕らにとって、僕らの仕事にとって、世界全体にとって、つぎに訪れる時が何であるかを刻一刻探り当て、その到来を促すことなのだ。

『少年時代』という詩もまた、世界の一部である人間の側からの世界への働きかけだった。

この義務を果たし、意志を表わし、この幸福を生きる途上にあった一九二一年、詩人は去ってしまった。反革命謀議の容疑で逮捕され、銃殺刑を受けたためである。

アンナ・アフマートワ
(1889-1966)

1889年　オデッサ郊外に生まれる。
1990年　サンクトペテルブルグ郊外ツァルスコエ・セローに転居し、少女時代をすごす。
1910年　詩人グミリョフと結婚
1912年　第一詩集『夕べ』、その後『数珠』、『白い群れ』などを発表
1923～34年　詩の発表の機会を失う
1935年　息子レフ・グミリョフ、「反ソ的言動」の容疑で逮捕。
1938年　レフ・グミリョフ再逮捕され、5年の刑を受ける。
1935～40年　『レクイエム』執筆
1941年　ドイツ軍によるソ連侵攻後、ウズベキスタンに疎開。
1946年　ソ連作家同盟を除名される。
1949年　レフ・グミリョフ三度目の逮捕、10年の刑を受ける。
1965年　オックスフォード大学名誉博士号
1966年　モスクワ郊外で死去。76歳。

Анна Ахматова

## 舞台としての詩空間

癒されぬ痛みよ　そなたの勝ちだ
灰色の目の王が　きのう身罷られた

その秋の夕は　蒸し暑く　真紅だった
夫は　帰るなり　こともなげにいった

「王のお体は　狩場から　運ばれた
古い樫の根元に　あったという

「おいたわしきは王妃　あの若さで逝かれるとは
一晩のうちに　白髪になられたという」。

そういい　暖炉の上のパイプをとり

深夜の仕事に去っていった
娘を起こさなければ
幼い灰色の目を　見つめるため

窓の外で　ポプラの葉がささやく
「おまえの王は　もういない」と

（«Сероглазый король», 1910）

秋の狩場を渡る風。樫の根元に横たわる王の冷たい体。秋の部屋にはりつめた空気。「わたし」（原語では「わたし」という言葉が一度だけ使われているが、訳出しなかった）の体を貫く痛み。夫の言葉はすべてを沈黙させ、あたかも劇場の空間を支配する緊張感が、詩の空間を満たしているようだ。

行間にはいくつかの語られぬ事柄が沈んでいる。読みとれるものは、秘められた恋、恋人である王の突然の死、王の忘れ形見らしい灰色の目の娘。そのいずれもが漠然とした想像の中に読むものを置き去りにして、詩行はとぎれる。そもそも王とは誰なのか。

夫が知らぬ妻の恋。夫がいつくしんできたわが子は王の娘。夫は、知らないからこそ、こともなげに王の死を告げることができた。それとも、知っているからこそ、裏切った妻への復讐をこめて、こともなげに告げたのかも知れない。想像はそのどちらにも振れて、詩の主体である「わたし」の心の揺れに重なる。王の死を告げる夫の言葉は、ふたつの大きな波紋を、不意打ちで生まれた「わたし」の心の闇に広げていく。

詩は一九一〇年十一月、サンクトペテルブルグ市郊外のツァールスコエ・セローで書かれ、最初の詩集『夕べ』に収められた。この半年あまり前、アフマートワは詩人ニコライ・グミリョフと結婚している。『夕べ』の詩の多くは、恋に落ちた人間の繊細な心の動きを、さまざまな道具立てを駆使してうたう。直截に恋心を吐露するものもあれば、恋の一場面を切りとって、作者の心をよぎる不安やひそかな喜びをうたうものもある。それらの場面はアフマートワの現実の恋から写しとられたものも少なくはあるまい。考えてみれば、結婚して間もないこの時期のアフマートワは、二十歳をすぎたばかり、恋の感情が日常の欠かせぬ一部であったと想像するのは難しくない。私自身がアフマートワに出会ったのも二十代の後半、アフマートワの設定する劇的シチュエーションに惹かれる年齢にあった。

『夕べ』にうたわれた、恋の場面のいくつかを拾ってみよう。白い花束を抱え帰宅する「わたし」が、夕闇の中に明るく浮かび上がる家のテラスに恋人のシルエットを見いだし、花束を差し出すとき恋人が自分の掌に触れるのを予感して、痺れるような甘い感覚に襲われる。あるいは恋人に激しい言葉を投げつけ、すぐに後悔の痛みにかられて、「行かないで」と叫びながら、去っていく恋人の背を追う。どの恋にもあるありふれた場面、痛み、喜び。たしかにありふれているが、似たような恋の場面が、何千何百というカップルのそれぞれの恋に、異なるリアリティを持って存在したこと、存在し、これからも存在し続けることもたしかなことだろう。

『夕べ』に見るアフマートワの詩の特性は、日記のように日々の心情を詩につづり、日常の言葉を詩の言葉にとりこんで表現したというだけではない。詩の中にドラマの空間を作り、叙情詩の主体みずからがドラマの登場人物を演じてみせた。詩の「散文化」、「小説化」ともいわれる所以である。詩が、神秘な何か、崇高な何かを高踏的な言葉でうたうだけではない、生身の人間の日常の営為を、さながらひと幕の劇のように、魅力的に表現することもできることを示したのである。これ以前のロシアでも、またロシア以外でも、こうした試みはあったかも知れないが、それは専門家の指摘にゆだねることにしよう。

詩の「散文化」を具体的に示しているのは、詩行に大胆にとりこまれた会話である。それならば、『オネーギン』はどうだと問われるかもしれないが、『オネーギン』は詩形式で書かれた小説である、抒情詩ではない。

さよならをいったときは　夢のことのようだった
「待っているわ」
あの人は笑いながら
「地獄で会おう」

（『水辺で』）

自身が認めているように、アフマートワは先達の詩人アンネンスキーの影響を受けている。詩集『夕べ』のなかにも、『アンネンスキーに倣って』という詩がある。ことにアンネンスキーがアフマートワに伝えた詩の技法は、会話を詩行にとりいれることであったようだ。この詩の最初にもこんな会話がある。

僕のはじめての不思議な所有物　おまえと
僕はわかれた　東の空に青みがひろがる頃
たったひとこと　「忘れないわ」
にわかには　信じられなかった

この詩では男が一人称で登場する。そして女が「忘れないわ」という。詩が劇の様相を帯びるのは、詩の中に「自分」以外の存在が登場して、葛藤がうまれるからにほかならない。『夕べ』の詩では、「わたし」の言葉とともに、他者の言葉が直接詩行に引用されることも多い。「わたし」の言葉が括弧にくくられて引用されるとき、姿は見えなくとも、その言葉を語りかけられた他者の存在が、葛藤を生む要素として強く暗示される。読み手は詩人から語りかけられているのでなく、対話が進行する舞台を眺めている観客になる。一方、抒情詩の詩行に、括弧にくくられて他者の言葉が直接に位置を占めるとき、それは詩のなかにドラマ、葛藤の当事者が直接姿を見せたことを示している。つまり、叙情詩のなかに第三者が侵入し、自分の肉声で語り始め、詩に違和感を生み出すのである。

しかし抒情詩というものの本来にたちもどるならば、こうしたドラマや葛藤も、主人公の内面を通過した、また内面で起こったドラマ、葛藤であることにちがいはない。現実は詩人の心にとりこまれ消化され、叙情詩としての形を整える。詩を劇の舞台に構築し内面を描くのは、アフマートワの詩のひとつの技巧にすぎない。

日常の恋の一瞬一瞬を、言葉によって劇的シチュエーションとしてしつらえる技巧はやがて、妻と夫の心の駆け引きにもおよぶ。恋の実感と、そしておよそ恋にとらわれた若い女の想像力が及ぶ、あるいは擬似的に作り出されたディテールには、当時少女の域を出なかった私の恋愛実感をはるかにこえる大人の感性が生きている。まことに文学は、現実に体験不可能な、ときには官能的な恋愛の仔細の言葉による追体験を可能する、つまり他人の恋のディテールをわがことのように感覚することができるワンダーランドというにとどまらない、微細な感情の襞にわけいる感性を鍛えるトレーニングジムでもある。

『灰色の目の王』にもどれば、この詩の中心に置かれているのは、王の死を告げる夫の言葉である。夫の言葉が、詩全体にはりつめた緊張の糸口なのである。詩の中で音として聞こえる言葉はここだけ。王を失った「わたし」は、娘の目のなかに王の存在を確認するしかない。音が消えた空間に、詩の打つ鼓動がもっとも強く胸に響く部分である。

一方、夫と「わたし」のあいだには緊張が生まれる。ただし、この緊張が夫と妻の双方向に張りつめた糸なのかどうかは、冒頭で書いたように謎である。「わたし」にとっても、読み手にとっても。この状況の不安定さも「わたし」の心をゆさぶっている。

最後に、この詩を彩る「小道具」も逸品である。暖炉とその上に置かれたパイプ。狩場。そして何よりも狩場に倒れた王こそは、最高の小道具であろう。「王」という言葉は、叙情的主人公自身や夫の生活の背景とともに、このドラマを一瞬にして高貴な悲劇の相貌に彩る。

そしてアフマートワがいうところの「王」には、いうまでもなくヨーロッパの王のたたずまいがあるだろう。しかし、詩のなかの「王」はあくまでも象徴的表現にすぎず、わたしたちはその王が何者かを知る必要はない。

この短い詩のなかの物語は読み手に、人と人のあいだを満たす空気の密度をあらためて意識させる。響いている言葉の意味とは別に、音もなく、空気を通して届いてくる意味もあるのだ。そして「わたし」の内部で響く言葉は、ポプラの葉ずれにも託すことができる。

Зинаида Гиппиус

## ジナイーダ・ギッピウス
(1869-1945)

詩人・文芸批評家・作家。シンボリズムのさきがけとなった詩作のほか、小説、戯曲、短篇集を手がけ、男性名のペンネーム、「アントン・クライニー」で文芸評論家としても知られる。

1869年　現トゥーラ州ベリョフ市で、ドイツ系の貴族の家庭に生まれる。
1882年　家族と共にモスクワに転居。
1885年　病気療養のためグルジアに移る。
1889年　詩人ドミトリー・メレシュコフスキーと結婚。ペテルブルグに転居し、首都の文学界の中心的な存在となる。
1898年　散文集『鏡』
1904年　詩選集。
1906～08年　パリに居住。
1911年　小説『悪魔の人形』
1916年　戯曲『緑の輪』
1918年　詩集『近作詩』
1919年　夫メレシュコフスキーとともにパリに亡命。
1945年　死亡。75歳。

## 空に心を映す

### 歌

わたしの窓は　地よりはるか高い
地よりはるか高い
目に映るのは　落日の空ばかり
落日の空ばかり

空は閑散と　彩なく
かくも閑散と　彩なく
哀れな心に寄せる憐みもない
憐れみもない

狂おしい哀しみに　息もたえる

息もたえる
ほしい　未知なるものが
未知なるものが

なぜこれほどに渇くのか
知らない　けれど
奇跡がほしい
奇跡が！

世にあらぬものよ　あれ！
決してあらぬものよ　あれ
青白い空はいう　奇跡は来る
奇跡は来ると

不実な誓いを　わたしは泣く
不実な誓いを泣く

ほしいのは　世にあらぬもの
世にあらぬもの

（«Песня», 1893）

コーカサスの自然の中で、乗馬やダンスに時をすごし、ひそかに日記を友としていた娘が変身する。ギッピウスは、この詩より四年前二十一歳のとき、詩人のメレジュコフスキーと結婚してチフリスからペテルブルグに移り、みずからも詩人になった。この詩によってギッピウスは一気に、デカダンスのマドンナと呼ばれ、詩人としての名声を手にしたという。

痛切な思いを訴える、一見悲壮感にみちた言葉がつらなるが、この言葉の峰の合間からは、悲壮よりも焦燥、絶望よりも意志が見える。若者のとがった苛立ちがのぞく。

詩のなかで二十五歳の若い女は、窓辺にもたれるか、敷居に腰をおろして、暮れる直前の空を見つめている。落日に染まる空のかなたは光がうすれて、日差しに彩られる華やかな雲の姿もなく、空の色にも精彩がない。この窓から見える空だけが、心を自由に解き放つたったひとつの場所にも見える。それなのに、その空は精彩なく、高い窓の「囚人」に、同情の片鱗すら見せてくれない。

「囚人」を窓のなかに閉じ込めているものの正体はなんだろう。「わたしの窓は地よりはるか高い」ところにあって、空のほかは何もみえない。少なくとも、「わたし」のまなざしは「羊の群れ」のように、地上をうごめく人間たちには向かわない。思いは「高いところ」に向かっている。このまなざしはうつろではなく切実だ。

高い塔に幽閉された姫君に似た「わたし」は、どうやら「自分」という名の牢獄にいる。「自分」は地上的なもの、現世的なもの。この世にあるものに、「わたし」は関心がない。ここにないものがほしい。この地上にある見慣れたものから飛び立ちたい、自分が知らない世界、この世にないものに触れたいと願っている「わたし」は、この「高い窓」にみずからひきこもり、空に自分の想念を映そうとする。肉体からの精神の脱出はむずかしい、だからこそ、それを牢獄のように感じるのは、誰しも経験するところだ。

精彩なく、低くたれこめている空は、「わたし」の内側だ。身悶えるほど狂おしい願望なのに、そんなものがどこから生まれてくるのか分からないし、何と問われても、名指すことができない。自分をはるか彼方に連れ去ってくれる翼のような何か。

『歌』を読んでいて、別な詩人によるひとつの詩を思い出した。時代はギッピウスよりはるか後の一九三六年の日本、中原中也の詩では、空に黒旗がはためいていた。「ある朝　僕は　空の　中に／黒い　旗が　はためくを　見た」。青年の心に巣くう何かの想念が空に映り、ところは変われ時は移れ、見上げる空に、いつも黒旗がある。黒い旗は詩人の不安の象徴のようにみえる。その「意味」は読み手によって、思わぬ方向に拡大することもあるが、二・二六事件との関連を指摘し、死の影をよみとった批評もあった。黒い旗は、こうした広がりを持つという意味で、効果にすぐれた暗喩である。

『歌』のなかの空は、ギッピウスが翌年に書いた詩にも登場する。この空には精彩がないどころか、悪意がみえる。もうひとつ違うのは、ここでは「わたし」はもうひとりではなく、「われら」であることだ。二連目と五連目には、

わたしの行く道に情けはない
ひたすら死へと導く
だがわたしは己を愛する　神を愛するように
この魂を救うのは　愛のみ

われらは唯一近しい者
ともに東に進み行く者
空はたれこめ　不幸をあざ笑うが
われらの志は高きところに

（『献詞』一八九四年）

空はあいかわらず陰気に「たれこめ」、「不幸をあざ笑」い、自分たちが進もうとしている行く手は非情で、死が待っている。こんな状況なのに、『歌』とはことなり、ここでは「わたし」は意気軒高に、「志は高」く、たったひとりの「近しき者」（夫メレジュコフスキーのことだろうか）と手を携えて、「東」へ「進み行く」。「東」がどこを指しているのか、象徴の意味を読みとることは、難しい。死をいとわぬ戦闘の意志のように見える。

苛立ちは助けを求める声にとって代わることもある。心理的な揺れはこの後にもくりかえされるので、ギッピウスが『献辞』によって、強い意志を最終的に示したわけではないことが分かる。若者の定まらぬ魂の裏表は、ひるがえりつつ、詩の中でしばし漂流をつづける。ギッピウスは、未来にあこがれを託すのではなく、未来に来るべきあるものを予感し、それに代わるものを渇望している。性の解放者たらんとしたことも、男性のペンネームで評論を執筆したことも、攻撃的な言動で周囲の人間を辟易させたことも、これから訪れようとする均質な社会、マスの意志が支配する社会への、強い意志や苛立ちの表明であったとわたしは想像する。

ここで少し方向を換えて、ギッピウスがこの詩を『歌』と名づけた理由をかんがえてみる。

思いつくのは、詩の形だ。どの節も二行目と四行目が、ほぼリフレインになっている。

つぎに、力点と音節数を組み合わせる形のロシアの詩では、たとえば、ひとつの節が四行からなるときは、たとえば、一行目と二行目の行末、三行目と四行目の行末が共通の音で結ばれ、呼応する。これが脚韻である。一行目と四行目、二行目と三行目、になることもある。

一節四行の場合の脚韻の種類を図式化してみると、

| | | | |
|---|---|---|---|
| 1行目 | A | A | A |
| 2行目 | A | B | B |
| 3行目 | B | A | B |
| 4行目 | B | B | A |

原詩の、5連目以外の末尾の単語をならべてみると、

| 1連目 | 2連目 | 3連目 | 4連目 | 6連目 |
|---|---|---|---|---|
| ゼムリョーユ | ブリエードヌィム | ウミラーユ | アトクゥーダ | アベェーチェ |
| ゼムリョーユ | ブリエードヌィム | ウミラーユ | アトクゥーダ | アベェーチェ |
| ザリョーユ | ベードヌィム | ズナーユ | チュゥーダ | スヴェーチェ |
| ザリョーユ | ベードヌィム | ズナーユ | チュゥーダ | スヴェーチェ |

単語の単位でみると、ここでもＡＡＢＢの形式である。しかし、ロシア詩の脚韻は必ずしも単語そのものでなくとも、単語の一部であっても、音が共通していれば、たとえば、一連目のゼムリョーユ、ザリョーユのあいだでも、「リョーユ」という音の共通性によって、脚韻は成立する。そうすると、どの連もＡＡＡＡという形式になり、単純化された音構造で、連ごとに何かしらの音が四回ずつくりかえされていくことになる。

一方リズムは破格である。母音とアクセントを組み合わせた弱強格の秩序を変え、きれいにそろったリズムをわざと崩し、伝統的なシラブル・トニックにしたがわない、自立的な意志をアピールしている。

人が好んで暗誦したり、折にふれ思い出す詩句には、何かの形で音が関わっている気がする。『歌』と名づけた理由もそこにあるといえるかも知れないが、『歌』という題名が持つ軽みと、詩がはらむ空気の重さは引き合わない。もしかすると『歌』は、読者にとってではなく、ギッピウス自身にとっての歌だったのかも知れない。この詩がギッピウスの頭の中に、歌のように根付いて、いつも響いていたのかも知れない。

ギッピウスの詩の魅力は、個としての人間の存在意義を問う言葉の強さにある。「わたしは己を愛す　神を愛するように」。このインパクトこそが時代を席巻したといえる。いまは、空に思いを映す時代ではどうやらなく、自己表現は、ギッピウスが選んだ言葉のような直截的なものではなく、もっと複雑な暗喩や技巧をこらしている。ギッピウスの『歌』は、いま読むには面映いくらい率直で、荒々しい。シンボリストの先駆けといわれたギッピウスだが、ここには暗喩の技巧を重ねた詩の重層構造はない。同時代のブリューソフが「囚われた心」に、むしろ「凛とした真摯さ」を見たのは、的確であった。

**セルゲイ・エセーニン**
（1895-1925）

Сергей Есенин

1895年　リャザン郡コンスタンチノヴォ村の農家に生まれる。
1912年　モスクワで肉屋の店員として働く父と同居。印刷所に就職。
1913年　モスクワ市シャニャフスキー国民大学で聴講を始める。
1914年　雑誌に最初の詩作を発表。第一次大戦勃発。
1915年　首都ペトラグラード（現サンクトペテルブルグ）に転居。
1916年　軍への召集命令。この頃「新農民詩人」のグループと親交を深める。最初の詩集『招魂祭』。
1918～20年　詩運動「イマジニズム」に参加。
1921年　詩集『ならず者の告白』、『スキャンダリストの詩』、戯曲『プガチョフ』。
1922年　舞踊家イサドラ・ダンカンと結婚、欧州・アメリカ滞在。
1924年　詩集『居酒屋のモスクワ』。
1925年　詩集『ソビエトのルシ』、『ペルシャのモチーフ』。
9月　レフ・トルストイの孫ソフィア・トルスタヤと結婚。長篇詩『黒い人』完成。
12月　レニングラードのホテルで自死。30歳。

## 「農村詩人」の失われたアイデンティティ

はねがや草がねむっている　いとしい野
よもぎの　みずみずしい鉛色
ほかの国にはない
胸に染みとおる　この暖かさ

僕らはみな　同じ
よろこび　いきどおり、くるしみを
くりかえし　それでも
ルシより　いいところはない

月の光は妖しく　ながくのび
やなぎはさざめき、ポプラはささやき交わす
鶴のするどい叫びを聞けば

この国を捨てるものなんていない

時代の　新しい光が
僕の運命に射したいまも
僕は変わらない　詩人のまま
金色に光る丸木小屋の

夜毎　枕に身を寄せるたび
見えるのは　てごわい敵だ
見知らぬ若者が
僕の野や草原に　新しいしぶきを撒き散らす

片隅に追われながら　それでも
せめて思いのたけ　これだけは歌おう
いとしいこの国で　すべてをいとしみながら
安らかに死なせてほしいと

（一九二五年七月 «Спит ковыль. Равнина дорогая»）

以前、エセーニンの詩を翻訳して出版したことがあった。その頃は、ロシア革命という大波に襲われたロシアで、生きる場を探しあぐねる詩人の心のひだに、若年の翻訳者はていねいに分け入ることができなかったように思う。いま作品を読みかえし、この文章のために改めて詩を訳しはじめてみると、これまで見えなかった問題に気づくようになった。それは詩に描かれる風景にも関わっている。

『はねがや草がねむっている』は一九二五年七月に書かれた。エセーニンはこの年の十二月に亡くなっている。

詩には、ロシアの農村風景への詩人の心情が綴られている。記憶にある風景を彩る郷愁。自然と人間が共存する場というだけではなく、そこでくりかえされてきた人々の生活の営み、信仰や祭りもまた風景を形作っている。そのすべてをなつかしみ、身をまかせたい。心が疲れ、弱っているとき、誰しも思うこと。

エセーニンはロシアの古名であるルシという言葉に、幾世代を重ねて作り上げられてきた農村の風景を託した。はねがや草、やなぎ、ポプラ、鶴。詩に織りこまれた言葉は、言葉につながる思い出をたぐりよせる。郷愁を呼び覚ますのは、「遠く隔てられた」、「失われた」という感覚。手が届かないもの。郷愁は、風景が現在や未来にではなく、過去の中にのみ息づくからこその切なさでもある。

一九二五年、自分が生まれ、少年のときを過ごした農村の姿は失われていくとエセーニンは感じた。都市で起こった革命は、農村を歌い続けてきた「僕の運命」をかすめ、やがて農村そのものにも押し寄せようとしている。別の詩で、エセーニンはこれを、「鉄の客」が「麦の穂をわしづかみにする」と表現したが、わしづかみにされ、揺さぶられたのは、実は農村にとどまらなかった。ロシアという国そのもの、そこに住む人間がひとりのこらず時代のクレーンで持ち上げられていたのである。エセーニン自身も。

モスクワの東南にあるリャザン地方のコンスタンチーノヴォ村。詩人は一八九五年この村の農家に生まれ、ときに宗教的な色彩をちりばめた、魅惑的な農村風景を詩に描いて詩人のスタートを切った。

生家が建っていたオカ川の岸辺は、なだらかな牧草地帯がゆるやかに起伏し、草に寝そべれば、丘の頂に寺院が白くうかぶ。朝夕に鮮やかな紅が空を染め、家の庭には春ごとに野生のりんごが白い花をつけた。家には、盲目の巡礼もよく訪れ、天国やラザロの話をよく聴かされたと、回想にも語られている。故郷の風景は、エセーニンの詩にくりかえし飽きることなく詠われてきた。ここに、エセーニンが一九一〇年、十五歳の年に書いた詩がある。

夕べのおとずれ　つゆが
蕁麻に光っている
柳にもたれて
道に立っていると

月の光はこぼれるほど
まっすぐ　軒にふりそそぐ
遠く　夜鶯の歌が
きこえる

（中略）

川向こうの
森のはずれあたりには
眠たげな夜番が打つ
ゆるやかな　拍子木の音

（一九一〇年《Вот уж вечер. Роса...》）

初夏か夏の夜の、ゆたかで静かな農村の夕べ。詩人は何の憂いもなく、風景の魅惑に身をゆったりと委ね、自然の大気に包まれている。風景に身をおく詩人の充足感。屈託なく、作為なくいざなう詩。すなおな幸福感に満ちた詩だ。

それから一五年が過ぎて、「はねがや草」を書く詩人は、はるかな場所に立っている。未来が地平線に向かって広がる空に似ていた時代、ロシアの小さな村の軒下から思いを自在にとばすことのできた少年時代には、事物のひとつひとつがくっきりとした形で詩人の鋭い感覚にとらえられた。蕁麻に光るつゆ、拍子木の音、詩人の頬をなでる風。風景は詩の中で世界となり、読む者を包み、憩わせた。

農村の風景をうたって詩人としての地歩をつくった詩人は、まもなく故郷を離れる。都会に移ってからも、農村はエセーニンの詩から消えることはなかったけれども、詩人としての地歩を築きはじめたとき、その内容は変化をはじめる。

少年時代との別れ。

森の茂みでうたえ　小鳥　僕も声を合わせよう
一緒に　僕の青春を埋葬しよう
（一九一四年）

自分を待ち受ける未来。

明日は早く起こしてください
居間には灯りをともして
みんなが　ぼくはじきに
有名なロシアの詩人になるっていう

（一九一七年）

過ぎた日への悔恨

風よ　風よ　雪をつれた風よ
過ぎ去ったぼくの生活を　跡形もなく消してくれ
ぼくはなりたい　きらきら明るい少年か
さもなければ　小径に咲く花に

（一九一九年）

充足と幸福の感覚は消えて、代わって登場したのは、不本意な現実への苛立ち、挫折感、自嘲。詩をいっぱいに占領していた風景は切れ切れになり、質感も香りも失せて、観念の産物となる。

詩人として歩み始めれば、才能ある限り、詩は元のままではいない。少年であった詩人は大人になり、農村を離れ、さまざまな風物、風俗、社会の姿、人の心のありようにもふれる。人は変わる。変わりたくなくとも。進化とは、引き換えの退化であり、誤解を恐れずに言えば「腐敗」でもある。

だから四連目の「僕は変わらない　詩人のまま／金色に光る丸木小屋の」というフレーズは正直ではない。「最後の農村詩人」（«Я последний поэт деревни»）は、もはや村の空気や香りをうっとりと嗅ぎ、家畜の鳴き声や村人の会話に耳を楽しませる詩人ではなく、コンスタンチーノヴォ村をはるか離れたモスクワ、ペテルブルグ（やがてはペトログラード）の窓辺から、居酒屋のテーブルから酔いに濁った頭で、故郷に思いをはせる都会の「農村詩人」である。

二十九歳の詩人が書く「風景」は作為をこらされ、挫折感や悲哀を彩る背景に退いた。詩人はそのことに気づいていたろうか。少なくとも、故郷に居場所を失ったことは感じていたように見える。

これが故郷？
まるで夢だ
ここにいる僕はどうみたって陰気な巡礼じゃないか
どこか知らない国からきた

（一九二四年《Русь Советская》）

故郷ではない別のよりどころを手に入れていれば、詩人は喪失の思いを晩年の詩の主旋律として歌いつづけることはなかったかもしれない。失われたのは、故郷だけではない、時代のなかの居場所というべきか。ただし、詩人の生き方として、それがいいことかは、また別な問題になる。「退化」も「腐敗」も、マイナスのファクターを意味しない。

ここからは、もっとも難しい問題になる。詩の最後の連。「いとしいこの国で　すべてをいとしみながら／安らかに死なせてほしい」。

居場所は故郷のコンスタンチーノヴォにも、革命で生まれ変わったこの国そのものにもない、自分に残されているのは、ここで死ぬことだけといっているように見えるが、本音だろうか。「死」はレトリック。これは「死」と測りあえるほどに強い自己肯定ではないだろうか。

詩人ばかりではない。およそ創造者であれば、すぐれた表現言語を獲得して、その時代を画する表現者となり、そのことによって普遍的な価値をあたえられたいと願わないものがあろうか。

転換期には、才能は独特な力を発揮することがある。エセーニンもそうした才能のひとつだった。自分が時代にとりのこされた「最後の農村詩人」で、「いまはもう　ぼくの歌なんかうたうことはない／あれは　国が病んでいたときの歌だから」（«Русь Советская»）という言葉は、さきほどの「死」のレトリックと同様、別な思いを、矜持を語っているにちがいない。

Владимир Маяковский

## ウラジーミル・マヤコフスキー
（1893-1930）

1893年　グルジア、クタイシ県に、林務官を父として生まれる。

1906年　父の死後家族と共にモスクワに移り、社会民主労働党に参加、3回投獄される。

1911年　モスクワの美術学校生徒となる。

1912年　未来派宣言『社会の趣味を殴る』。

1914年　詩『ズボンをはいた雲』、『君らに』、以後の作品には、詩『背骨のフルート』、『150000000』、『これについて』、戯曲『ミステリア・ブッフ』、『南京虫』など

1923年　『左翼芸術戦線』結成

1930年　自死。36歳。

## 星はなぜ在るのか――

### 教えて！

教えて！
星がともるのは
それは　誰かに必要だから？
星がともってほしいと　思う人がいるから？
あの唾のしぶきを　真珠と思う奴もいるの？
まっぴるま　埃をもうもう巻き上げ
倒れこまんばかりに
神様のいえに駆けつけて
遅れたかと
泣きべそをかき
神様の筋張った手にキスして

お願いするんだ　奴は
星は絶対に必要です！
誓っていう
星のない苦しみには耐えられませんって！
それでも
まだ不安で
でも外面は平静を装い
誰かに訊いてみる
「もう大丈夫だろ？
怖くない？
そうだよね？」
ねえ、教えてくれよ！
星がともるのは
それは　誰かに必要だから？
毎晩
たくさんの屋根の上に

ほんのひとつでも
星が光っているのは大事なこと？

（原題《Послушайте!》一九一四年）

この詩を読むたび、私は、この無邪気な問いに胸がたかなる。

人はこの詩から、さまざまに異なるものを読みとる。事実、この詩に詩人の孤独を読んだという感想もあれば、すこし突飛ではあるが、恋の詩だという読み方もあった。仕方ない。詩は本来、そのように読まれる運命にある。

私がこの詩に惹かれる理由は、マヤコフスキーが投げかける子供のように無邪気な問いにある。星はなぜそこにあるのか？　人があってほしいと願うからなのか？　思ってもみない唐突な問い。星が誰かにとって必要かどうか、人は考えもしない。この世にあるものはどれもあってあたりまえと思って生きてきて、だしぬけに必要かといわれても戸惑う。でも、突然星が空から消えたとき、人はどう思うのか。「なぜ星がない」と憤るだろうか。詩のなかの男のように、不安で落ち着かなくなり、神様のところに出かけて行って、「星は必要なんです」と懇願するのだろうか。

この発想は、地上から一度大きく離れてこそ生まれる。この世にあるモノの意味を、単刀直入に問う。不遜なやつと思われようと、恐れずこの高みに立てるのは、心の大きな揺れを日常的営為として持つ青年だからこそできることかもしれない。残念なことではあるが、人は年とともに地上にへばりつくようになる。星すらみえなくなる。

マヤコフスキーは、二十一歳でこの詩を書いた。一九八三年にグルジアで林務官を父に生まれ、父の死後はモスクワに移ってギムナジウムに入学したものの、二年もたたないうちに授業料未納で退学になり、十五歳にしてロシア社会民主労働党に入り、政治活動に夢中になって、一一ヶ月間の刑務所暮しも含め、三度の逮捕を経験するという早熟ぶりだった。政治から離れたあとは、絵画にすすみ、一九一二年には未来派をたちあげ、未来派宣言を収めた文集『社会の趣味を殴る』（意気ごみの伝わる題名ではないか。ちなみにこの訳語は、かつて三巻の『マヤコフスキー選集』を世に送り出した小笠原豊樹氏による）に最初の詩『夜』、『朝』を発表して、詩人となる。

『朝』は、ロシア詩の作法破壊そのものをめざしたような不敵な詩である。詩行の最初を大文字にするという作法はもちろん無視。接続詞と前置詞の音をつなげて名詞と韻をふませる。ひとつの単語をふたつに切りはなし、前半を接続詞にくっつけて、ひとつの音にし、単語の後半分は次の行にまたがらせる。ある行には、たった三文字の単語がぽつんとひとつ、そうかとおもえば別な行にはその一〇倍も長い行がつき出している。

伝統の詩法をこわして、今までの詩は認めないぞ、という勢いで書きあげたような詩だ。

この詩を収めた『社会の趣味をなぐる』には、未来派を標榜する四人が署名した同名の宣言が掲げられている。その四人とは、マヤコフスキー、ブルリュク、クルチョヌィフ、フレーブニコフ。「プーシキンもドストエフスキーもトルストイも、みんな現代の船から投げ捨ててしまえ！」という有名な文言につづき、尊重すべき詩人の権利が挙げられる。そのなかにはつぎの権利もふくまれる。

一、自由に選んだ言葉、派生語などにより（詩の）語彙を拡大する権利

二、これまでの言語にたいする抑えがたい憎悪

別な本の序文では、この権利をさらに具体化して、「語の形成や発音を文法規則にしたがわせるのはやめた。われわれはシンタクスをガタガタにした」、「個人の自由の名において、正書法は否定する」、「句読点は廃止した。これにより言葉の役割は、はじめて明確に意識された」、「母音は時間と空間であり、子音は色彩、音、匂いと考える」、「リズムはわれわれの手で破壊した。教科書のなかに韻律を求めるのはやめた。あらゆる運動が、新しい自由なリズムを生みだす」などなど、詩作の新しい原則が十数項目にわたってならぶ。

『朝』に見る強引で稚拙な詩作法は、この原則を忠実に守った結果である。未来派にかぎらず、形式と意味が融合を遂げるまでに、その先の試行錯誤は避けられない。やがて原則の修正も余儀なくされたはずである。しかし、マヤコフスキーの詩がやがて遂げていく進化を見れば、未来派宣言にこめた決意や、過去の言語への決別なくして、詩人をほかならぬマヤコフスキーたらしめている詩言語はありえなかったことが分かる。それにとどまらず、既存の言語表現、スタイルに無条件で身をゆだねる姿勢を、マヤコフスキーはその後どの作品においてもとることはなかった。

冒頭の詩にもどると、晴天の夜空に、あたりまえのように決まって輝く星についての問いは、世の中に当たり前のように、時には「権威」として存在するモノに向かって放たれる、「なぜそれは存在するのか?」、「なぜ権威なのか?」という問いでもある。権威として君臨し力をふるうものには、これを覆そうとする反発がはたらく。しかし世間に定着し、多くの人に受け入れられているモノを、時には抗いがたく魅惑的なものを意識の中で異化し、意味を問いなおそうとする人は少ない。この詩の「星」は、「多くの人に受け入れられ、愛されている価値」のシンボルであり、人々による「無意識の容認」のシンボルでもある。

マヤコフスキーは『朝』で、世にひろく好まれる伝統的な詩の佳調をこわし、心地よい響きをよしとする世間の耳に、意識してざらざらした違和感をあたえようとした。既存の価値に、少々乱暴な形で、異議申し立てをした。受けいれがたい破壊性をもった詩を、新たな価値として対置しながら。

『教えて！』の行間には、誰もが美しいと認める否定しにくい価値に、根本的な問いかけをし、時代に築かれた常識や美意識に、ひとりで立ちむかっている詩人の姿がみえている。このポーズには、マヤコフスキー自身がふるいたち、当時の読み手も興奮したことだろう。

不思議なのは、詩全体に、若者の感性が自然に感応して生まれた情感が、通奏していることだ。題名にもなっている「教えて！」という言葉にも、詩人の苛だちや心の高揚がこもり、マヤコフスキーという人間の熱にじかにふれる感覚が伝わる。これはたぶん、マヤコフスキーの詩を読むとき、いつも感じられる熱っぽさだろう。この詩だけでなく、マヤコフスキーの詩はいつも感情があふれている。その意味で抒情的だ。

もうひとつ、この詩を「あたたかく」しているのは、筋張った手をした神様や、神様の手にキスをして陳情する男である。これをユーモアと呼ぶべきだろうか。たぶんそうではないだろう。『ウラジーミル・マヤコフスキーが夏、別荘で体験したとんでもない珍事』という詩には、詩人の別荘でお茶を飲みつつ詩人と意気投合する太陽が登場する。また、詩人エセーニンが自殺した後、空を飛び、星群に突っ込んでいくさまを描いた『セルゲイ・エセーニンに』という詩もある。これはまちがいなくマヤコフスキーの、人や物をみるまなざしに関わっている。

＊＊＊＊＊

マヤコフスキーの生まれたバグダジ村は、写真で見ると、低い山々に囲まれ、清流沿いに民家が転々と散らばる、日本の山間の村のたたずまいそのもの。この小さな村の天空にまたたく星群に、後の詩人も時を忘れて見入ったにちがいない。

私もグルジアを二度訪れたことがある。最初はソ連がなくなるよりずっと以前で、はじめて見るグルジアは初夏に入って緑が濃さをまし、首都トビリシの旧市街は、赤い煉瓦の家並が並木のさわさわと繁る葉に埋もれ、クラ川のミルクコーヒー色の流れが南北に貫いていた。

市の南西にはムタツミンダという七〇〇メートルほどの山があって、頂上の展望台には麓からケーブルカーで登ることができた。到着した日、夕食をすませてから、友人と連れだって、徒歩で頂上にむかった。立ちどまるたび、空の藍色は濃さをまし、眼下の町にはつぎつぎと灯りがともっていた。空気のせいか、町中に散りばめられた灯りは、うるむようにきらめき、またたいている。この地上の星は、空の星にまして美しく思えた。いま、この詩を読みかえし、そのときの光景がよみがえった。

ウラジーミル・マヤコフスキー（1893-1930）

## 春の問題

春の問題

ぼくはすごくつらい
このままだと
　　　　不眠症だ
だって
　　　じき
ロシアソビエト社会主義連邦共和国に

春がくる

きょうも
明日も
太古の昔からだ
部屋がぐらぐら揺れるのは
太陽を飲みすぎたせい
仕事になりゃしない
完全に不安に取りつかれてる
ありていにいえば
不安の種なんかない
まじめに考えれば
どうってことはない
お日様が照る
通り過ぎる
窓にへばりつく猫を
引き離すのは無理な話

動物だって外を見たい　だから
僕ならなおさら
それは
必需品だ

表に出てみたものの
だるくて
力が出ない
体が前に出ない
全然
まったく分からない
どうすればいいんだ
襟首に
鼻に　堂々と　滴るしずく
耳をすまし
ふりはらいもしない
突然ひらめく詩行みたいだ

法的には
　　　どこに行こうと自由
でも実際は
　　全然
　　　　身動きできない
たとえば　ぼくは
　　いい詩人と思われている
たとえば
　　ぼくは
　　　　証明できる
「酒の密造は　すごく悪いことだ」と
だけど　これはどう？
　　　どうする？
ことばが本当にでてこない
たとえば
ソビエトの役人たちが町中に張りだした

春を歓迎しよう
祝砲で歓迎しよう！
あいつらは忘れてしまったんだな
しずくに対抗する術
ぼくも答えられない
全然
まったく！
突っ立って
ぼうっと見てるだけ
見てるだけ
掃除夫が氷を叩いてはがすのを
靴の下は水
いたるところに水たまり
脇からしぶきが跳ね
上からは流れ落ちる
何か対策を講じないと

どうすればいいのか
たとえば
日を選び
とびきりの青い日に
通りという通りで
警官が笑顔で
みんなに
この日
オレンジを配る
高くつくというなら
ちょっと安上がりで
もっと簡単なのもある
たとえば
仕事のない
年寄りや
学校に行かない子どもが

毎日
12時になると
ソビエト広場に集まって
三唱する
万歳！
万歳！
万歳！
だって　ほかの問題はどれも
多少は　はっきりしてる
パンの問題も明確
平和の問題も同じ
だけど　この
根本的な問題
春の問題は
何がどうあろうと
今すぐ何とか

しなければ

（«Весенний вопрос», 1923）

マヤコフスキーの小笠原豊樹訳が昔から好きで、とりわけこの不思議な詩には心を惹かれて、何度も読み返した。「春の問題」という言葉が何を指しているか、納得していたわけではない。それでも、この詩は面白かった。一九二三年の、できたてのソビエト共和国連邦では、パンの問題や平和の問題は、どうすれば解決するかは明確なのに、どうやらこの「春の問題」だけは持てあましていたらしかった。

詩に描かれる「しずく」は、建物の屋根から落ちる雪解け水、屋根から雪の塊がそのまま落下してくることもある。人の背中にも、鼻先にもしずくがおかまいなしに落ちる。道路の水たまりを車や馬車が跳ねかえして、衣服を汚す。困った問題。だから対策が必要だ。そういうことをマヤコフスキーは訴えたのか。そうではなさそうだ。そういう詩でないことは、はっきりしている。では何が問題なのだろう。

基本的な問題はすべて解決可能な社会主義のシステムを、誇らしくうたっている詩のように見えて、視点を移すと、その逆のようにも見える。ひょっとすると、半年も続く冬が終わって、春の訪れを知ったときの、人の心のありようだろうか。この場合の「人」とは、マヤコフスキー以外にない。詩人が歌うのは自分の心だ。この詩のベクトルがどちらなのかを別にしても、私がこの詩に惹かれるのは、マヤコフスキーという人間の呼吸をじかに感じる気がするからだ。

マヤコフスキーには「革命」という形容詞が枕詞のようにつく。革命をたたえ、革命の前進を呼びかけた。それは事実だ。しかし、街頭の演説さながらな詩でさえ、単純にそうとだけいいわせないものが、マヤコフスキーの詩にはあると、読むたび感じる。詩はマヤコフスキーの意思をこえて、詩人の心のうちを開いて見せているように、私には思える。

革命があり、社会主義の国が成立し、政権も社会も文学も、つまり詩も、共通のひらかれた空間で呼吸し、意思を通わせることができるようになったかに見える。それにもかかわらず、詩人の中には、心に巣くう虫のように、うごめくものがある。春の訪れとともに、何か心を落ち着かなくさせるものがある。もしかすると、それは春だけではないのかもしれない。それは詩人だけでなく、もしかすると、他の人間の心のなかにも起きていることかもしれない。ひょっとすると、それは人間の存在そのものにとって、とても普遍的な事柄に属することであるかもしれない。覚えているだろうか。マヤコフスキーが一九一四年に書いた『教えて！』という詩の冒頭。

教えて！

星がともるのは
それは誰かに必要だから?
星がともってほしいと　思う人がいるから?

誰もが認める価値への根源的な問いかけ。革命以前に書かれた作品でも、その後の詩でも、マヤコフスキーの心には、こういう普遍的な、そして私にはそう思えるのだが、時に倫理的な問題が、信号灯のように点滅していた。それは詩人を前進させ、立ちどまらせ、さまざまに作動した。

革命は倫理的な枠組みを示したが、人の心の中に起こる動きのひとつひとつに対応することはできない。自分の気持ちが、倫理の枠を外れようとするときに、その気持ちは押し隠され、奥に潜むことになる。自由は常に条件付きのものであって、言葉すらそのままの形で飛びまわることはできない。だからこそ、ある日、詩人の心に赤信号が灯ったのであり、詩人の心臓の鼓動もとまったのだ。

感じるんだ
「ぼく」は

ぼくには　狭すぎる
誰かが　ぼくの中からしきりに飛び出そうとする。
…………………………
ママ！　あなたの息子は大した病気です
ママ！　心臓が火事なんです
妹のリューダとオーリャにいってください
あの子は袋小路だって

（『ズボンをはいた雲』一九一五年）

人間はおよそ、どのような枠組みにも入りきらないサイズの内なる世界をもち、その世界は一切の世俗的倫理から自由であるがゆえに、外界とは折り合いつかず、外に持ち出し禁止の代物である。「春の問題」という「術語」は、定義しえないものの名前というべきものであろう。

マヤコフスキーは未来派を標榜し、「プーシキンもドストエフスキーもトルストイも、ぜんぶ現代の船から投げ捨ててしまえ」と勇ましく宣言して、それまでの詩の作法を壊し、詩壇に登場した。その印象は、パステルナークをして、「もう少し若ければ、文学を放棄していたろう」といわしめるほどのものだったが、この才能もまた、時代に居合わせたほぼすべての才能にのしかかっていた空気に、内から膨らむ「自分」を拮抗させつづけることに力尽きた。

これからもマヤコフスキーが読みつがれるためには、ソ連時代の霧をはらい、長いあいだに厚く積もってしまった表層を丁寧にはぎとり、マヤコフスキーの詩作の複雑な魅力を、現代の読者にひらいていく作業が必要だ。

# Борис Пастернак

ボリース・パステルナーク
（1890-1960）

1890年　モスクワに生まれる。父レオニード・パステルナークは画家、母ローザ・カウフマンはピアニスト。
1912年　モスクワ大学歴史・文学・哲学科を卒業、ドイツ・マルブルグに遊学。
1922年　詩集『わが妹人生』。詩集は他に『主題と変奏』、『バリエール越え』、『早朝列車で』など。
1955年　イタリアで散文小説『ドクトル・ジヴァゴ』刊行
1958年　ノーベル文学賞辞退
1960年　病気により死亡。70歳。
1989年　没後ノーベル賞受賞

## 視界不良、閉ざされた不明な時と空間をさまよう――

パサードで　一本の足も
妖女と吹雪の足のほか　踏みいったことのない
その場所で　とり憑かれた円のなかで
一面の雪が　死人のように　眠りこけている

聞け　パサードで　一本の足も
踏みいったことのない　妖女と
吹雪だけが知る場所で　窓を
一本のちぎれた革帯が　ひしと打ったぞ

真っ暗闇だ　このパサードは
市内か　はたまたモスクワ川の右岸
または橋向こうか　（真夜中に迷いこんだ

客が　私の姿にとびすさったくらいだ）

パサードで　一本の足も
踏みいったことのない　死人ばかりの場所で
おまえの伝令が　一枚の　ハコヤナギの葉
唇もなく　声もなく　亡霊のようだ　布よりも白い伝令が

のたうち　門という門を　たたき
あたりを　見まわし　舗道から　竜巻になって舞いあがる
この町はちがう　この夜も　ちがうと
伝令よ　おまえも迷ってしまった！

だが　おまえがささやいた言葉は　その通りだ
二本足が　踏みいったことのないこのパサードで
私も何やら　お前と同じく　道をはずれた
この町はちがう　この夜も　ちがう

（«Метель 1» 一九一五年初出）

この詩には吹雪が吹きあれている。ロシア語には吹雪という言葉がいくつもある。ふぶきかたによって使い分けることもあるだろうが、この詩では、題名に「メチェーリ」が、詩のなかでは「ヴィユーガ」が同じ吹雪を指して用いられている。「メチェーリ」は、「掃く、吹き散らす」という意味の動詞から作られた名詞で、かわいた粉雪が風に吹きあげられる吹雪をさす。

風は雪をふきあげ、空中にまきちらし、雪はこまかい塵になり、とばりになって、視界をさえぎる。四方の風景は消え、人は方向感覚を失って、道をはずれてしまう。ロシア文学の書き手の多くは、この魅力的な素材を作品にとりこんで描いた。「吹雪」とタイトルを掲げた作品のほかにも、プーシキンは『大尉の娘』で、吹雪に道を見失った貴族の若者が、のちの農民反乱の指導者プガチョフに救われるエピソードを印象的に描いた。しかし、『吹雪』を書くとき、パステルナークの念頭にあったのは、一九世紀初頭の詩人プーシキンが書いた、『悪魔』という詩ではないだろうか。

『悪魔』に描かれる吹雪は、『大尉の娘』とほぼ同じで、野原を走る馬車が吹雪にまかれる、ぼんやりした月明かりのなか、顔に吹きつけ、道を見失わせ、馬を窪地に突き落とそうとする者の正体がみえる。それは吹雪をまとった悪魔どもだ。

果てしもなく　形もなく
かすむ月明かりの　ゆらめきのなか
悪魔どもが　輪舞をはじめた
十月の　木の葉さながら
無数の　行く先も知れぬ　悪魔
哀れげな声で　何をうたう

（中略）

雲がとぶ　雲が走る
姿をかくした月が
とびすさぶ雪を　照らし出す
空はかすみ　夜もかすむ
悪魔どもは　つぎつぎと　群れをなし
果てない高みを

哀れな叫びと　咆哮をあげ
この胸を　切り裂く

（『悪魔』一八三〇年）

時代をくだり二〇世紀に入って書かれたこの詩には、パサードという言葉が登場する。パサードは、古代ロシアの城外のことだ。町を囲む城壁の外に職人や商人など、身分の低い者たちが住みついた。時代をくだると、都市の近郊という意味で使われるようになる。パサードという言葉には、時の在りかをあいまいにする響きがある。現代であって現代ではないかのような場所。

吹雪に風景を消されたパサードでは、現代か古代か、時間の痕跡までもが消えている。「吹雪と妖女」のほかは踏みいったことのない場所だから。妖女は妖術を用いて自然や人にはたらきかけ、何かをしかけることができる。吹雪と妖女は相性がいいのだ。パサードは人がふとした拍子に日常からすべりおちて出会う、時代も地名も不定な場所のようだ。

その場所が日常のどこかにあるというのは、具体的な、風景までも喚起する地名が教えてくれる。「モスクワ川の右岸」、「橋向こう」と訳したが、ロシア語の原詩ではザモスクワレチェ、ザモスチェという、大文字ではじまる固有名詞だ。現実の町の、たしかな地名をもつ場所に、まるで磁石の効かなくなるような空間が現出することになる。

この空間に、詩人がゆったりとめぐるリズムを流しこむと、迷いこんだ人間もまた、ひとつの場所を、空間を、輪を描くようにさまよいはじめる。つまり、不明の空間が詩の中に構築されて、詩を読む私たちもそのなかをさまようことになる。詩の中には、詩人と思しき「私」、「私」の姿に驚いて、とびすさった「客」、「客」のほかにも、吹雪の使者というハコヤナギの葉もいる。どうやら、パサードには、詩の書き手もふくめて、ひとりではない侵入者がいるらしい。侵入者たちは、このゆったりと運ぶリズムにまかれ、どこに向かうのでもなく、同じ場所をくるくるとまわり、足踏みし、たちどまる。詩がそうやって進んで行くように。

一連目の、「パサードで／一本の足も／踏みいったことのない／妖女と吹雪の足のほか」は、二連目で、位置をずらしてくりかえされる。四連目でも。このくりかえしが、ひとつの空間にふみまよい、そこから出られずにいる状況を、言葉で、リズムで作り出している。

パサードに踏み迷ったのは「客」だけではなかった。叙情主体たる詩人はもちろん、「吹雪」の伝令らしいハコヤナギの葉も、めざした場所、めざした時とは違う時のなかに迷いこんだ。ハコヤナギ。とても美しい木の名前。しかしこの名は、詩のなかで死のイメージを作っている。ハコヤナギはやまならしともいい、知る人ぞ知る、キリストを「裏切った」とされるユダが縊れて死んだ木という民間のいい伝えがある。パステルナークはパサードに死の空気を漲らせた。「死人のように眠りこける」雪。「一本の足も踏みいったことがない　死人ばかり」のパサード。そして一枚のハコヤナギの葉。「唇もなく／声もなく／亡霊」のようで、「布よりも白い」葉は、死そのものの顔をしている。吹雪の「伝令」である葉は、走り回り、門という門を叩き、竜巻のように身をよじらせ、舞いあがり、この閉ざされた空間で、行き場をうしない、閉じこめられてしまった。

詩をおおうのは不分明である。時や場所だけでなく、ちぎれた革帯の主も、客も、ハコヤナギの葉も、それからここで発せられる呼びかけや、「おまえの」という所有代名詞の宛先も。そのうえ「おまえの」は、五連目で「彼女の」にすり替わってしまった。どこにも顔がなく、呼びかけはあるのに、声が消されている。答えも返ってこない。そして叙情主体である「私」ですら「何やら」という言葉で、さらに薄い膜がかかった。吹雪は吹きあげて、くるくるまわり、それにあわせて、詩行は行きつ戻りつし、言葉とリズムの総動員で、「パサード」という不可思議な空間に読むものをひきこむことになる。

詩は、一九一五年にはじめて、表題をつけずに発表された。『吹雪』と名がついたのは一九一七年のことである。一九二九年詩は、「吹雪」という共通のキーワードで結ばれたふたつの詩からなる連作のひとつとなる。二つめの詩には、一六世紀のパリで、カソリック教徒が改革派を一夜のうちに大量虐殺した聖バーソロミューの夜が想起され、家々の扉に板が打ちつけられ、陰謀という名の吹雪が通りを席巻し、通行人を誰何し、ドアに白墨で印を書きこんでいくさまが現出する。詩は「町よ、集合場所へ向かえ! 郊外へ!」、「聖バーソロミューの夜。町の外へ、外へ!」と声を荒げる。町中では悪意に満ちた吹雪が荒々しい騒乱を起こし、やがて町の外へ向かい、Ⅰの詩に向かって逆流する。町の外には、パサードと呼ばれる空間にすべてを封じこめる吹雪がまきあがる。

Ⅰの詩が書かれた一九一五年から、Ⅱとともにひとつの詩集に収められた一九一七年。ロシアは戦争に第一次大戦のさなかにあり、やがて革命へと熟する空気が、じわじわ地を這いはじめている。ふたつの詩をひとつにして読むならば、これは一触即発の不透明な空気をうたったものだと思えてくる。とはいえ、最初に書かれたときには連作でなかったのだから、パステルナークに、ふたつの詩を有機的に結合させる意図はなかったはず。ひとつに読むことで吹雪は内から外へ向かうダイナミズムをそなえたものとなり、切りはなして読めば、Iの詩は、詩人の内面により強く寄りそうものとなる。そのいずれも面白い体験だ。

Осип Мандельштам

オーシプ・マンデリシュタム
（1891-1938）

1891年　ポーランドの首都ワルシャワのユダヤ人革職人の家庭に生まれる。
1897年　サンクトペテルブルグに移住。
1908～1910年　ソルボンヌ大学、ハイデルベルグ大学で学ぶ。
1911年　キリスト教に改宗したのち、ペテルブルグ大学歴史・哲学学部に入学。
1913年　最初の詩集『石』を発表。また、この年グミリョフ、アフマートワらとともに、詩運動『アクメイズム』の開始を宣言。
1917年　ロシア革命。
1922年　詩集『Tristia』
1928年　詩集『詩』
1934年　反政府的な詩により逮捕。
1934～37年　シベリヤに流刑の後、減刑、ヴォロネジに移住を許可される。
1938年　再び逮捕。この年12月ウラジオストクの中継収容所で死亡。47歳。

# 鉄道駅のコンサート

息ができない　天蓋には虫が蠢き
語る星はひとつとしてない
神のみ　われらの頭上に楽のあるを知る
駅舎はミューズの歌声に震え
機関車の汽笛にひき裂かれた大気は
弦に満たされ　また　ひとつになった

巨大な公園　鉄道駅のガラスのボール
鉄の世界はふたたび魅惑に囚われ
響きの宴へ　エリュシオンへ　車両は疾駆する
孔雀の叫び　ピアノのうねり

僕は遅れた　まさか　これは夢だ

駅舎の　ガラスの森に踏み入れば
バイオリンの隊列は乱れ　涙にくれる
真夜中のコーラスが　おどろおどろしく声をあげ
朽ちていく温室には　バラの香り
かつて　ガラスの天蓋の下　懐かしい影が
遊牧の群に混じり　一夜を過ごした場所

楽のなか　鉄の世界は
泡を吹き　ひたすらみじめに震え
僕は　玄関ホールのガラスに体を押し付ける
おまえはどこへ？　いとしい影の供養に
これを限りの　楽が奏でられている

（« Концерт на Вокзале », 1921）

『鉄道駅のコンサート』は、マンデリシュタムの詩の中でも、読み手を刺激する姿や音の横溢が際立った作品である。この詩に足を踏み入れると、自分がいまどこにいるのか、少しの間わからなくなる。たくさんの言葉が眩暈を催させ、幻惑させながら、やがて叙情主体の心の風景を私たちにひらいていく。

この詩の表題にある鉄道駅。マンデリシュタムが子供のころ、休暇をすごした市郊外のパヴロフスクという町には、詩に書かれるとおりの巨大な公園があり、女帝エカテリーナが息子のパーヴェルに贈った宮殿がある。パヴロフスクという名もそこに由来する。一八三八年にはサンクトペテルブルグから、ツァールスコエ・セローを経由してこの町に至るロシア初の鉄道が完成し、駅に付属する建物には、いくつものホールと宿泊用の客室が備えられた。やがてここで、さまざまなコンサートが開かれることが伝統になり、五四年のシーズン開幕には、ヨハン・シュトラウスが指揮棒をとった。鉄道駅は、やがてコンサートを聞きに訪れる音楽家や作家、ペテルブルグ市民にとって、文化発信地のひとつになった。ツルゲーネフ、ドストエフスキー、トルストイ。チャイコフスキー、グリンカ、リームスキー・コルサコフ。マンデリシュタムが子供時代をすごした一九世紀末から二〇世紀の初頭のパヴロフスクにも、賑わいのなごりは残されていたことだろう。

詩が書かれたのは一九二一年と推定されているが、それより後という説もある。鉄道駅の構内には、過去と現在が交じり合い、ふたつに引き裂かれている主体がみえ、列車が去っていく彼方に未来があることも、漠然としているが、うかがえる。主体は「遅れた」ようだ。何に。主体はどこにいるのか。それは間違いなく一九二一年のあたりである。革命を引き金とした国内戦争が収束に向かい、おおまかな表現が許されるなら、さまざまな意味でこの場を去った者がある一方、ある者は現場にのこされた。主体は現場にのこった。

世紀末の鉄道駅は、ときに発着する列車の汽笛に引き裂かれながらも、音楽があふれ、庭園に放たれた孔雀が叫び、ピアノのアルペジオがうねり、世紀末の甘酸っぱい、朽ちていくものの匂いに満たされている。主体が「遅れた」のは、未来に向かう列車だろうか。それとも過去の賑わいに向かって疾走する車両か。時の分水嶺は一瞬にあらわれ、やがて人をいずれかの方向へと分かつ。しかし主体は、ただ回顧する対象として、一九世紀末を眺めているようにはみえない。この時間は主体の中で連続し、連続しつつも切断され、別の枠組みに再編されようとしている。この時間の裏切りに、主体は自失し、自分が「どこへ」行くのかを自問する。つまり、この鉄道駅という空間は、主体内部の空間であり、そこでは異なる時間が場を支配しようとせめぎあっているように見える。それは主体の内部の時間の姿なのだ。

これは、いわばマンデリシュタムの言葉によって構築されたバーチャルな空間である。吉本隆明は、日本近代詩の様式の変遷を検討する著書の中で、「近代詩にとって詩を詩たらしめるための最後の言語技術は、詩の〈意味〉にできるかぎり変更を加えないで散文に比較して、〈価値〉を増殖させ」ることだと書いている。さらに、〈価値〉とは、イメージや音韻による喩法によって付け加えられるものであり、暗喩の連続で〈意味〉を打ち消して、〈価値〉だけを拡大すれば、幻想の言語だけで構成された言語空間が出現するとも。

日本の近代詩とロシアのそれを同一にならべることはできないが、吉本の指摘は、マンデリシュタムの『鉄道駅のコンサート』の詩の構造を明確にする助けとなる。「鉄道駅」は、「パヴロフスクにあるガラスの天蓋を持つ、コンサートホールとホテルを備えた駅付属の建物」という意味を持つが、詩の中では、一九二一年という時間のただなかにいる主体の内的世界をイメージとして表現する大きな暗喩である。そしてこの暗喩こそ、この詩を詩たらしめている最大の〈価値〉だといっていい。

なぜならば、この空間には、これまでにも書いたように複数の時間が同時に存在するものとして放りこまれていて、ことなる時間に存在する「物」を、ひとつの「空間」に行きかわせ、作用させることができるからだ。かつて空にちりばめられた星星を内側からあおぎ見ることのできた天蓋には、いまや虫が蠢いているけれど、現在と過去はただ交錯するのでなく、同時に働く力として主体を揺さぶっている。異なる時間による同一空間の支配は、この詩の最大の魅力である。

この空間を支配するもうひとつの要素は、音だ。正確にいえば、音楽と音である。かつて音楽は、コーラス、ピアノや弦の奏でる旋律がときに堰を切り、ときになだれ落ち、ときに空間をいっぱいに満たした。それらを切り裂く機関車の汽笛、孔雀の叫び。詩に語られる音楽のひとつひとつは、おそらく主体にとって、具体的な時と名と場所を持つものであるに違いない。研究者はそのひとつひとつに推論を立てている。音を語ることで、ある時間の熱がバーチャルな空間に吹き上がってくるようだ。

「鉄道駅」のホールを漂ういくつもの記憶には、音以外に、人の姿もみえる。「懐かしい影」と「いとしい影」。「遊牧する群に混じる懐かしい影」というとき、「いとしい影の供養」というとき、それらが実体を持たないはずはない。けれど、その名もまた告げられることなく、空中に浮遊する。このふたつの影については、この詩に先立って世を去ったふたりの詩人、国外への移住を果たせないまま亡くなったブロークと、マンデリシュタムとともにアクメイズムの詩運動に関わり、後に反革命のかどで銃殺されたグミリョフの姿を重ね、さらにそれらの名に、一九世紀の詩人レールモントフをくわえ、三人の詩人に共通する「死」という方向にこの詩を整えようとする考え方もある。私は詩がそういう方向性を持つとは考えないが、マンデリシュタムが、去ったものへの強い愛惜とともに、みずからが「疾風怒濤」と呼んだ二〇世紀初頭の詩の四半世紀が過ぎて、ふたりの近しい詩人の死を含め、時代を流れる空気に、決定的な変化を実感したことは感じとることができる。

かつては現実の時と場所に置かれ、それぞれの名前を持っていた物や音や人が、ひとつの空間に、ことなる時を表現するために集うとき、ある読み手には、それらの名が彼方から響くこだまのように痛みをもって届き、別な読み手には、言葉同士が、空間の中でふれあい、別な化学反応を起こし、新たな意味を宿すこともある。たとえば、ここにある「車両」というひとつの言葉さえ、私たちに逆の行き先を示すことができ、時には、かすかな記憶の中に走る別な乗り物の存在さえ喚起することができるように。

私たちがひとりの読者として詩集をひらき、前提なしにこの詩に出合うとき、そこに登場する音や物や影ひとつひとつがどんな現実の「意味」を持つかという予備知識は、結局〈価値〉を持たないということだ。それらの「もの」たちは、詩人の内部の空間に漂うさまざまな記憶、ときに意識の下に隠れている記憶、いわゆるレミニセンスであり、それらのレミニセンスによって満たされた空間を、仮にそれを過去への愛惜と名づけようとも、詩に構築された空間をそれ自体として呼吸し、生きることが、少なくとも、この詩を読むという行為なのだと思う。

## オーシプ・マンデリシュタム（1891-1938）

# 背骨とフルート：暗喩の技法

### 世紀

僕の世紀　僕のけもの　おまえの目を
ひるまずに見すえ　おのれの血を流してでも
二つの世紀の椎骨と椎骨をつなぎあわせる
それを　成しうるものがいようか
建設者たる血は　ほとばしる

地上の物たちでできた喉から
ただ飯食いは　震えるばかりだ
新しい日々の戸口で

生き物は　命つきるところまで
背骨を　運ばねばならない
波はうねっていく
目に見えない背骨になって
こどもの　やわらかな骨のような
地上に生まれたばかりの　世紀
またも　捧げものの子羊のごとく
いのちの首が　供えられた

世紀を　囚われの鎖からとき
新しい世界を　はじめるには
節くれだった日々の　椎骨を

フルートで　つなげねばならない
あれは　人の鬱々とした思いで
世紀が　波をゆすりあげているのだ
草のなかで　くさり蛇が息を吐く
世紀の　黄金律で

それから　蕾がふくらみ
みどりの若芽も　はじけるが
おまえの背骨は　もう砕け散っている
すばらしくもあわれな　僕の世紀！
意味のない笑みをうかべ　おまえは
力尽きたが　残忍な目つきでふりかえる
自分がつけてきた足跡を
かつては柔らかな体だった獣の目つきで
建設者たる血は　地上の物たちでつくられた

喉から　ほとばしり
燃えあがる魚になって　岸に
幾多の海の　あたたかな砂礫を打ちあげる
空高く　網をなす鳥の群から
瑠璃色の　いくつもの濡れたかたまりから
流れ　流れおちる　無気力が
命尽きようとする　おまえの打ち身の上に

（«Век», 1922）

いったい、この詩にうたわれているのは、どんな生き物なのだろうか。詩全体に横溢する暗喩は、いかなる意味の変換なのだろうか。どの暗喩も生々しい匂いと温かい体温を放って、詩のなかに呼吸している。生き物が動く気配がする。読み手は、意味を受けとめるよりも先に、この、のたうつ獣に熱い息を吐きかけられ、言葉の流れに体をすくわれ、いまにも運ばれてしまいそうだ。

いうまでもなく、詩の冒頭でおまえとよばれるものは、詩人自身が表題によって名指した「世紀」である。単数で世紀と呼ばれるのは、ひとつの世紀、一九世紀。世紀は百年という単位によって括られた時間の流れだ。詩人はこの時の流れに、目に見えない、匂いも感触もないものに背骨をあたえ、血を通わせ、獣の目をつけた。

獣としての一九世紀は、二〇世紀にひとつの背骨でつながることができなかった。詩人は一九二二年、詩にそう書きつけた。二つの世紀は断ちきられてしまった。時代が世紀を跨いだときに不意に全身を貫いた深い傷、断ちきられたときに時代が感じた痛みの感覚を、詩人は手負いの獣に表現した。何によって時間は断ちきられたのか。なぜ時間はひとつの途切れることのない背骨をつらぬいて、先へ進むことができなかったのか。

時代が感じた痛みは、抒情主体によって共有されている。マンデリシュタムの思いえがく世紀は、ロシアを含むヨーロッパの範囲にあった。詩人がヨーロッパに抱いていた観想は、その名も『一九世紀』と題された小さな文章の中にある。ここにはいろいろなことが書かれているが、単純に切りとってしまうと、二〇世紀初頭の疾風怒濤で、「一九世紀の申し子が、新しい歴史の大陸に放り出され難破」した。「難破」は起こるべくして起こった。詩人が精神の糧を吸いあげてきた土壌である一九世紀ヨーロッパ、ヨーロッパの文化とそれをはぐくんだ土壌はまた、第一次大戦を生み出す源にもなった。「難破」したのは時代だけでなく、そこにいあわせた人間たちも同じだった。第一次世界大戦という、質も量も、過去の戦争とは比較にもならない未曽有の流血を結果として引き起こした一九世紀は、新しい世紀とのあいだに血も体温も通わせることができなくなって、自らに大きな傷を負ってしまった。『世紀』

と同じ年に書かれた別の文章に、「帝国主義戦争をもって完結した、一つの独立した破壊的プロセスとしてのヨーロッパの政治」という表現としてあらわれた詩人のこの意識にこそ、詩を一貫する痛みの源がある。

詩人にとって、痛みの源はそれだけではないかもしれない。ロシア革命につづいてロシアを二分した内戦もまた、この時代の言葉の書き手たちの胸を無傷のままにして過ぎたとは思えない。

獣が時間の暗喩としてあらわれるのは、それほど不思議なことではない。なにより人は時間を生きる存在であり、抒情主体もまた不可逆的な時とともに歩むことを運命づけられている。時間は、人とともに生きる生身といってもいい存在であり、「一九世紀」という時間が流す血も、断ちきられ、砕け散る背骨も、血がほとばしる喉も、詩人自身がこの時代を生きることを通して受けた痛みの表現としてある。暗喩は、時間のプロセスが断ちきられたことを、背骨を貫く痛みとして表現し、生理的、肉体的実感を表現するために不可欠のものとして採用された。また、建設者という言葉とハイフンでつながることで同格語となった「血」は、時間の背骨を断ちきり、地上の物からできた喉もとにほとばしった。

二年後に書かれた『一九二四年一月一日』という表題の詩の一節は、この感覚のありようを、別な言葉で語る。

粘土細工の命　死にゆく世紀よ
おまえを理解するのは
おまえを失い
うろたえた笑みを浮かべるものだけか
失った言葉をさがすことの　痛み
ひりひりする瞼をあげ
石灰を血に混ぜ　ほかの種族のため
夜更けの草々を摘むことの　痛み

冒頭の詩にもどると、三連目には「新しい世界」への意思が示され、一つの楽器が現われる。フルート。抒情主体は、死にゆく世紀、前世紀を囚われの身から救い出して、「節くれだった日々の椎骨をフルートでつなげる」仕事を自分に課すことで、時代の受けた深い痛みを癒そうとすると決意したようにみえる。この詩の中で唯一、この連には、まなざしをあげ、立ちあがる気配がみえる。けれども他の連には、いたるところに傷跡と痛みが生々しくあり、この連の未来への意思は雲に閉ざされてしまうようだ。蕾のふくらみも、みどりの若芽も。フルート。そういえば二〇世紀初頭のロシア詩で、「フルート」という言葉は、もう一つの言葉と強い関連を持っていた。一九一九年にマヤコフスキーが書いた『背骨のフルート』というすばらしくアヴァンギャルドな恋の詩に、それはある。この詩にも背骨がある。それはフルートとして登場する。恋する詩人はこう宣言した。

きょう　ぼくは
念のため
送別の　コンサートを催す

この夜を　誰も忘れないでほしい
きょうは　フルートを演奏する
ぼくの背骨で

マンデリシュタムの脳裏に、よく知られたこの一節が響いていなかったとは思えない。それを証明する手立ては探せばあるのだろうが、証明する必要はないと思う。この詩にも暗喩に託された痛みがある。そして死の暗示につづくマヤコフスキーのフルートは、明るい音色を響かせていない。いいたいことは、マンデリシュタムのフルートもまた同じだ、ということである。そこに、マヤコフスキーのレミニセンスが沈んでいる。

僕は　自分の戸口から逃げ出したい
どこへ？　表は暗く
石畳に　塩でも撒いたような
僕の心が　白く浮かびあがる

（『一九二四年一月一日』一九二四年）

詩人はフルートをかかえ、白い石畳を踏んで歩みださなければならないようだ。そして歩み出した。マンデリシュタムは詩を書くことで二〇世紀という新しい時間にはたらきかけようと決意したように見える。余りに大きな仕事なので、ときに意気阻喪することもあったかもしれない。そうして歩いてきた詩人の命の脈は、ヨーロッパ・ロシアからおよそ九千キロへだたったウラジオストクの、囚人を護送するための中継収容所で止まった。

＊＊＊＊＊

二一世紀がはじまって一五年余が過ぎた。再び起こった世界大戦は、ヨーロッパだけでなくアジアでも、更に多くの夥しい血を、二〇世紀の喉もとからあふれさせた。そのときから七〇年。このあいだに、この世紀の背骨の深い断裂をつなぎあわせる仕事がなされてきた。世界でも日本でも。いま、もしもその背骨がもう一度断ちきられることがあるなら、そのときに、私の手は「節くれだった日々の椎骨をつなげる」ためのフルートを持つことができるだろうか。それとも、そのときには、まったく別な暗喩と音韻が生まれるのだろうか。

詩は、時間という目にも見えず、味も匂いもないものを可視化することができる。百年の時代を一匹の獣に変身させ、抒情主体の心の動きをイメージにすることができる。そして日常の言葉では出会うはずのない言葉が、詩行の上で出会うこともある。デペイズマン。フランスの詩人ロートレアモンの言葉を借りれば、「解剖台の上でミシンとこうもりがさが不意に出会う」ように。

## ヴェリミール・フレーブニコフ（1885-1922）（略歴は七頁参照）

### 旅は終わる　なおも続く――

もし僕が　人類を時計に変え
百年の針がどう動くのか　見せたなら
時代の　僕らのいる時間帯から
戦争が　不要になった最後の文字として　叩き出されないはずがない
数千年　スプリングの効いた戦争という椅子の上で
人類が痔を手に入れたその場所から
ぼくは君らに話してやろう　この未来から
感じていること　人類後の夢を

君らは　原理に忠実な狼だ
君らが五発射ったら　僕が銃に手をかける
それにしても　聞こえないか　運命というとびきりの縫い子の
さわさわという針音が
僕は　自分の力で　思考の洪水をおこし
現存するありとある政府の建物を　沈めてやる
カビの生えた馬鹿話の楼閣がどんなものか
奴隷どもに　教えてやる
地球の議長たちが　緑苔の生えた樹皮さながらに
すさまじい飢えの　餌食になれば
すべての存在する政府の　ねじがどれも
僕らのねじ回しに　素直に従うようになるだろう
ひげ面の若い娘が
約束の石を投げれば、
君らはいうはずだ　これこそは
幾世紀　待ち望んだものだと

人類の時計よ　チクタクと
僕の思考の針を　動かしてくれ！
思考が　幾多の政府の自殺と本を糧に大きくなろうと　かまうな
空しくも偉大なる大地は生きつづける！
偉大な地球議長の大地は！
歌が　大地の大きさに適わなくても　気にするな
世界は　勘定書きの上にある
燃えかすのマッチのようなものだ
そして僕の思いは　ドアの合鍵だ
開ければそこには　自殺した誰かがいる

（一九二二年《Если я обращу человечество в часы》）

モスクワのノヴォジェーヴィチイ修道院付属墓地にあるフレーブニコフの墓には、「地球議長・詩人・散文家・劇作家に」という墓碑銘が刻まれている。詩人は「地球議長」でもあったのだ。この輝かしいタイトルは、フレーブニコフが一九一五年に自ら考案し、世界調和を実現するために結成した協会には、三一七人という、意味ある数の議長の参加を目指し、後にはダヴィド・ブルリュク、マヤコフスキー、カメンスキーなどの詩人も名を連ねるようになった。

このアイデアには、当時フレーブニコフが夢中になっていた「数字の法則性」など、細部への子供っぽく真剣な集中がある。一九一七年、フレーブニコフはペトログラード（サンクトペテルブルグ）の街を「三一七人の地球議長」と大書された大型トラックで行進し、「かくしてネヴァ側の沼沢地に、地球議長の旗が初めて掲げられた」と誇らしげに書いた。二月革命によって生まれた一種の解放感。これから訪れるべき「時間帯」への行進。

フレーブニコフが夢見た超国家、地球政府というユートピアは、その詩に少しでも触れたことがある人ならすぐに思い浮かぶ、宇宙の広大な空間を呼吸し、星や太陽と交感する、人間が生み出された場としての根源的な世界、空間に帰属する感覚へと誘うものだ。

その渇望はすでに一九〇九年の詩に書かれている。

僕に分かるのは　沸騰したいってことだ
　ぼくの手の血管と

太陽が　一緒にふるえて　ひとつになることだ
僕は　僕と太陽と空と真珠色の塵を
　　ひとつに結びつけている共通因数を
　　括りだしたい

宇宙という生き物と、自分という生き物が、一つの因数をともにする。一緒に、生きている喜びを感じて震えることへの渇望。この無邪気な昂揚感は、フレーブニコフやマヤコフスキーが集った「未来派」の詩人たちのなかに、形こそちがえ、革命後のある時期まで失われることなく、詩人自身を鼓舞しつづけた。彼らの詩に励まされ、未来の時間を思い描こうとした読者もいたはずだ。

冒頭の詩は一九二二年（詩が書かれた時期については、一九二一年という説もある）、フレーブニコフが亡くなる年に書かれた。革命から五年、国内戦がようやく収束し、共和国になった。詩は未来形で、「僕らの時間帯」を語り始める。戦争が無用の長物になる時代を。けれども、そう語りかける詩の言葉はもう、一九〇九年の頃のように無邪気ではなく、悪寒をさそうペシミズムが詩行から吹きつける。ページを開いて、何度も読んだ。よくわからなかった。一週間置き去りにして、また戻ってみた。励ます言葉と絶望が、裏になり表になり詩を織りなして、複雑な模様をつくっている。読む人によって印象は異なるだろうが、織りなされる心の起伏は誰の目にも見える。

革命と国内戦で国も人も力尽き、未来の姿を想像するエネルギーを養うことが不可能にさえ見える現実。この時期は、歴史の本を開くまでもなく、飢餓がこの国の村々を、人間、動物の別なく席巻した。地上を死の沈黙が覆っていくさまは、文学にも深く影を落としている。同時代の作家アンドレイ・プラトーノフの小説『チェヴェングール』を開けば、飢餓が、沈黙に拮抗する重い言葉で描き出され、読み手の胸を強く打つ。

フレーブニコフにも、「飢餓」と題した詩がある。一部を引用してみる。

人は　はこやなぎの皮を
トウヒの若芽を食べつくした
妻と子は　森を彷徨い

白樺の葉をあつめる
スープを　野菜汁を煮るため

たき火で　ミミズを焼く
ベンケイソウも　太った青虫も
大きな蜘蛛も　どれも木の実より甘い
（後略）

（一九二一年十月《Голод》）

未来の時間を自分の手もとに引き寄せ、残酷で動かしがたい現実をどうにかして動かそうとする苦闘がみえるが、イメージが圧倒的な力を持つ現実に、未来のイメージは弱弱しい響きしかもてない。僕の針で世界の思考を動かしたい。この子供っぽく、強いエネルギーをもった執念は、詩人の人生でほぼいかなるときにも失われることがなかったが、「未来形」の、励ます言葉の力は弱まっている。

地球の議長たちが　緑苔の生えた樹皮さながらに
すさまじい飢えの　餌食になれば

すべての存在する政府の　ねじがどれも
僕らのねじ回しに　素直に従うようになるだろう

「地球の議長」を標榜する自分たちこそが、この現実の供え物、生贄となることで、支配する者の意識を変えることができる。一つの国の政府にとどまらない、この星にあるすべての政府の。

そもそもフレーブニコフは、この世に定住する場所を持たなかった。死ぬ時まで、詩人はずっと旅をしていた。みずから「仏陀を奉ずるモンゴルの遊牧民の野営地に生まれた」と書き、一八八五年アストラハン県に「アルメニアとザポロジェ・コサックの血」を引き継いで生まれた詩人は、父から鳥類への愛着と好奇心を受けつぎ、家族とともにロシア各地を転々としたあと、カザン大学での数学と革命運動、独学の日本語学習を経て、ようやくサンクトペテルブルグで詩との最終的な出会いを果たした。未来派の走りとなる『ブジェトリャネ』(「未来人」)を結成して、造語が躍動する実験的な詩でシンボリストたちの顰蹙を買い、学費未納で大学を放校になったうえ、『数の意義と未来予測の方法に関するレポート』なる労作をものして、大臣に送りつける破天荒も恐れずにやってのけた。アストラハン、カザン、サンクトペテルブルグ、モスクワをはじめロシアのあちこちを、詩とともに転々とし、その向かう先は、やがてイランにも及んだ。

フレーブニコフの地上の旅は終わりに差しかかっている。一九二二年五月、詩人は、友人とともにノブゴロド県を、友人の妻が住む村に向かって歩いている。原稿が入っている重い袋は、イランにもコーカサスにもモスクワにも携えて行ったものだ。

故郷のアストラハンにつづくはずだったこの旅は六月、詩人の死によって途切れることになった。

＊＊＊＊＊＊＊＊＊＊＊＊

詩に出会うたび、詩の言葉が発揮するエネルギー、言葉によって探り当てられる人や物、また自然のたたずまいの、思ってもみないイメージに驚き、力が身内によみがえったり、逆に静寂な空気に興奮が静まったりする経験をする。フレーブニコフのこの作品を読んでいたときには、自分が今住む国の状況が一九二二年のロシアに重なり、いくつもの言葉に胸がつ

まることがあった。それでもフレーブニコフはいうのだ、

地球の議長たちが　緑苔の生えた樹皮さながらに
すさまじい飢えの　餌食になれば
すべての存在する政府の　ねじがどれも
僕らのねじ回しに　素直に従うようになるだろう

と。

Марина Цветаева

## マリーナ・ツヴェターエワ

（1892-1941）

1892年　モスクワに生まれる。父はモスクワ大学美術史・美術理論教授。

1903～09年　ドイツ、スイス、フランスなどで学ぶ。

1910年　最初の詩集『夕べのアルバム』発表。本格的に詩作を開始。

1912年　セルゲイ・エフロンと結婚。

1917年　革命後の国内戦で、エフロン、反革命義勇軍に参加。

1917年　次女イリーナ死亡。

1922年　長女とともにベルリンに出国、国外に逃れていた夫と合流、プラハを経て、パリに定住。

1939年　ソ連に帰国した夫を追って、故国へ。エフロンと長女逮捕。

1941年　疎開先エラブガで自死。48歳。

## ななかまどの実がみのるとき

この気分の正体が何なのか
とっくにわかっている　厄介な荷物だ
かまわない
どこで　天涯孤独に　なろうが

どの石ころ道を　踏んで
買い物籠をひきずり　帰ろうが
その先には　あるじの顔さえ　知らぬ家
まるで　野戦病院か　兵舎だ

平気だ　どんな人間の前で
囚われたライオンのように　身がまえ
どんな集団から　締め出されようと

いつだって　そうだから

締め出される　自分の中に　感情のただなかに
氷塊を奪われた　カムチャッカの熊だ
暮しになじめず（なじむものか）
惨めな思いをしようが　知ったことか

言葉にも　心が動かない
母なる言葉　乳のにおいで誘おうと
どうだっていい　言葉が
ゆきずりの誰かに　理解されなくても

（新聞を片はしから　読み漁っては
おしゃべりを絞りだす読者なんかに）
それは　二〇世紀の人
私は　どんな世紀にも届かない人間だ

並木からはなれて
丸太のように　とりのこされた私には
誰もかれも同じ　何もかも同じ
ひょっとして　一番どうでもよくて

でも　懐かしいのは　昔あったこと
あらゆる印も　兆候も　私から
日付も　ぬぐい去られた
生まれでた心は　どこかに忘れた

私を守れなかった　故郷なんか
眼光鋭い探偵が
心をくまなく　洗いざらい探しても
痕跡ひとつ　見つけ出せない

どの家も他人の家　教会は空っぽ
何もかも同じ　何もかも
ただ　道端に　一本の木が
見えたら　それがなかなかまどなら…

（«Тоска по родине! Давно», 1934）

ツヴェターエワの詩に出会ったのは、ずっと昔、モスクワのレコード店でだった。舞台女優による詩の朗読を収めたレコードを買って、寮の部屋で聴いた。詩を耳で聞く習慣がなかったので、とても新鮮な体験だったが、なかでもツヴェターエワの詩には、言葉が立ちあがって、こちらに飛んでくるような迫力があった。

そのときから詩の朗読に興味がわき、よく聞くようになった。俳優が朗読したものもあれば、なかには詩人自身が朗読したものもあった。ただ、俳優の朗読には、詩の朗読の定型にはまったものや、感情過多、気どりがあって、詩に没入できず、また、しばしば悲惨に終った詩人の運命を、朗読の端々に情感をこめて匂わせるところも気にいらなかった。詩人の朗読は逆に、あまりに素っ気なく、棒読みに近いので、これも期待はずれだった。要するにどちらも、自分が文字で読んだ詩の印象から、かけ離れていた。

詩の韻律は、声に出して読まれたときに、はじめて感じられるものなのだろうか。詩を黙読していては感じられないものだろうか。答えは、もちろん否である。少なくとも、私自身の経験の中では、活字で読むプロセスにリズムや韻が聞こえるからだ。そのリズムはおそらく、とても個人的なもので、同じ詩を読んでも、人によって異なっているはずだ。なぜなら詩は、読み手自身の生活体験や心の揺れに触れて、響きあうものだからである。詩は胸の中で響くものなので、基本的に他人の朗読によって伝わるものではないと思う。ツヴェターエワに関するドキュメントフィルムを観たとき、この詩が女性の声で朗読されるのを聴いたことがあるが、その弱弱しいトーンは、私の中で響いているものとはちがっていた。

この詩は、最初からほぼ最後まで否定の言葉に覆われている。地上のどの場所に行こうと、自分の居場所はない、どの場所にいようと自分は他者に向かって身構えるしかない、故郷の家すらも自分を受け入れることはないと。繰り返される「何もかも同じ」、「どうだっていい」と、「すべて」、「どれも」という包括する言葉が、否定の向かう場所を押し広げていく。

言葉は反復されることによって、否定の強さを増幅していく。これはツヴェターエワの詩に特有な、私にとっては最大の魅力であるリズムを生み出す。「爆発」と「加速」。詩人ブロツキーが挙げた、ツヴェターエワの詩の特徴である。特に、力点音節が最後にくる詩行が交差して韻を踏み、また詩の基本リズムである弱強拍が、短い単語で断続的につづく箇所は、ツヴェターエワの詩の個性が集約的に表現される箇所で、断定の意思が強く読み手の心に働きかけてくる。

ツヴェターエワはこの詩をパリで書いた。国内戦で反革命義勇軍に加わって戦い、その後海外に逃れて四年間消息を絶っていた夫エフロンとの再会を果たすため、一九二二年ベルリンに行き、夫や子供とともにチェコに四年暮らしたあと、パリに落ち着き、一九三九年夫の後を追ってソ連に帰国するまで、この町にいた。

ソ連を出国した後のツヴェターエワの生活は、出国前の赤貧の暮らしと大差がなく、他人の、主に同郷人の金銭援助がなければ、日々をつないでいくこともむずかしかった。

詩人といえども、地上の生きもの、食べていかねばならない。生活の糧を稼ぎ、子供を育て、詩を書く。これらすべてに耐え、落ち着くまもなく、異国を点々とする日々にくわえ、異国の地には、革命とともにロシアを逃れた同郷人のコミュニティがあり、こうした環境との軋轢もあったといわれる。

しかし、それらすべてを以ってしても、ツヴェターエワという人間の個性が内包した困難には匹敵しない。周囲の人間たちが「突風」と呼んだ内なる嵐。人間を愛しながら、自分を愛する者を深く傷つける。夫も、子供も。愛する者を傷つけ、失うことによって、今度は自分を傷つける。嵐はその都度、夫以外の男性たちとの、そして女性詩人との恋をもたらし、嵐が去った後には、比類ない詩と、母親の愛に恵まれず死んでいった子供がのこされた。ツヴェターエワという天才に与えられた試練は、ツヴェターエワ自身だった。二十七歳のツヴェターエワは、みずからをこう歌っている。

石から作られるもの　土から作られるもの
この私は銀色に輝く　光り輝く
私の名は裏切り　名はマリーナ
つかのまの　海の泡

欲望を解き放つことが、外的な困難に立ち向かうエネルギーを生み、詩を生みだす力であったとしても、そういう自分を、つねに周囲との軋轢を引き起こさずにはいない自分を抱えて生きることは、楽ではなかったと想像する。

否定に覆われた詩が強く訴えるのは、詩全体がひとつの思いを表現するためのレトリックであるからだろう。かつての激しい自己表現は薄れている。ひたすら自分の居場所のなさをうたいつづけて、胸にしこりのように固まっている故国への思いを、ようやく「ななかまど」に収斂させて終わる。何という変わりようだろう。痛々しさを感じるのは、最終連の前半まで保たれてきた強い内的リズムの勢いが、最後の二連で突然に萎えてしまうからだ。自分を支える杖を失ってしまったかのようだ。

一九三九年にソ連にもどってまもなく、夫エフロンと娘のアリアドナが「人民の敵」として逮捕された後、物理的にも精神的にも孤立無援になったツヴェターエワは一九四一年八月最後の日、自死によって生涯を終えた。

思いの先にある「ななかまど」は、ツヴェターエワにとって、本当になつかしい木で、詩によく登場する。一九一六年に書いた詩には、みずみずしく若い生命力と自信にあふれた若い詩人の姿が、ななかまどに重なって見える。

赤い房になって
ななかまどが燃えあがると
葉が落ちていき

私が生まれた
……………
わたしは　いまも
齧りたくなる
熱く熟した　ななかまどの
にがいひと房

（一九一六年「モスクワについての詩」から）

ツヴェターエワの詩は、「私」についての詩といっていい。つまり、どのような体裁をとろうと、自分を表現した詩であることに変わりない。この「私」は、ツヴェターエワが十八歳で最初の詩集『夕べのアルバム』を出版した一九一八年から、変わることがない。そして、どの詩も、この時代に詩と呼ばれていたものの平均的な水準を超え、やがては、ロシア屈指の詩人としての内実を備えることになる。

私にとって、このような詩人は数えるほどしかいない。「私」を歌いつつ、「私」の枠を超える普遍的表現を備えた詩言語に到達したという意味において。その多くの詩は、最初の一行から、私の心を震わせずにはいないものだ。

詩人のヨシフ・ブロツキーは一九八七年ノーベル文学賞を受賞した後の海外メディアとのインタヴューで語っている。「一九世紀末から二〇世紀初頭の時代には、詩作はかなり大衆化され、中学校の生徒でも、軍の将校でも、誰もがみな詩を書くようになった。こうした、いわば詩のインフレ状態がつづくと、当然反動が起こる。その反動の結果が四人の詩人の登場だった。アフマートワ、ツヴェターエワ、マンデリシュタム、パステルナーク。ひとつの時代に四人の、個性のまったく異なる詩人が現れたのだ。この四人を読むことで、読者は、この時代が何であったのか、この時代、この国の人々の意識に何が起こったのかを知ることができる」。

同感である。

## マリーナ・ツヴェターエワ（1892-1941）

### わたしは海の胎から生まれた

おまえは黒い瞳をしている　別離よ
背高く　おまえは　孤独だ　おまえは
ナイフの閃きのように笑い　おまえは
私とは似ても似つかない　別離よ

年若く死ぬすべての母親に似
私の母親にも似る　別離よ
おまえは　同じ手つきで　玄関でヴェールを整える

おまえは　眠るセリョージャを見つめるアンナだ　別離よ

ふいに　家に闖入する　黄色い目をした
ロマの女のごとく　別離よ　モルドワ女のごとく　別離よ
ノックもせず　別離よ　荒れ狂う疫病さながら
私たちの血管に押し入る　熱病のごとく　別離よ

皮膚を刺し　耳元で鳴り　床を踏みならし　口笛をふく
わめき　ぶつぶつつぶやき　そして　引き裂かれた絹の
灰色狼の　別離よ　祖父にも孫にも非情な　別離よ
ミミズクだ　おまえは　ステップの雌馬だ　おまえは

ラージンの末裔か　肩幅ひろく　屈強　赤毛の
ポグロムの　群れにいたのは　おまえなのか　別離よ
内臓と羽根布団を　引きずり出す　虐殺者なのか

今おまえの名はマリーナだ　別離よ

（«Я вижу тебя черноокой, -разлука!» 一九二〇年七月の終わり）

ツヴェターエワは四八年の一生のうちにたくさんの恋をした。恋には、それぞれの形と内容があり、短くもあれば、十数年の時空を超えてつづくものも、また、一つの時間を複数の恋が共有することもあり、周囲への影響も小さくはなかった。そして恋は、そのたびにいくつもの詩を産み落とした。詩が恋を求めるのか、恋するがゆえに詩が生まれるのか。

ツヴェターエワは美学を専攻する学者であった父と、病弱で厳格な母親のもとで、西欧の言語を学び、ヨーロッパに遊学し六歳で詩を書き始めた。十八歳で出版した初めての詩集『夕べのアルバム』には、固い密度をもった揺るぎのないスタイルはまだ見えない。

子供　―　それは夕べ　長椅子の上の夕べ
　窓の外の　霧に浮かぶ　街灯の瞬き
スルタン王や水の精のお話を紡ぐ
　　おだやかな声

子供 ── それは一瞬にすぎ去る 憩いの時
（『夕べのアルバム』「小宇宙」一九一〇年）

みずからの詩をたずさえて外の世界に踏みだしてみると、目の前には、閉ざされた空間をただよう本の中の主人公ではなく、手に触れることができる肉体と言葉をもった人間たちがつぎつぎに現われた。生身の人間の営みに触れて、ツヴェターエワの詩は大きく飛躍する。その後の歳月は、夢でなく、空想ではなく、現実が想像へといざない、言葉は「肉体」を獲得し、恋もまた空想の世界から地上に降りてきた。

最初の恋は一九一二年、結婚によって成就する。夫のセルゲイ・エフロンは母方の革命家と父方のユダヤ人の血を受け継いだ病弱な長身の青年だった。第一次大戦には戦線に看護士として赴くために不在をくりかえし、一九一七年の革命勃発後は反革命の義勇軍に参加するために家を離れ、四年余り音信不通になった。

この歳月、ロシア全体も、詩人の身辺も騒然とした状況に疲れ、腹をすかせ、餓えに苦しんだ。ツヴェターエワ自身が「放蕩」と表現した恋の嵐は、この空気の中ではじまった。ツヴェターエワが残した日記には、こんな揶揄に似た言葉が書きとめられている。

「恋をするのは、冬は寒いから、夏は暑いから、春は緑の芽ぶきのせい、秋は散りのこる枯葉のせい。恋には時も理由もない」。

ツヴェターエワとエフロン

冒頭の詩は、「別離」という対象に向かい、思いつく限りの暗喩で、「別離」の姿を描き出す。一九二〇年七月までにツヴェターエワが体験した、大半は恋の「別離」の残像であり、心的な、また知的な体験をくぐりぬけて浮かびあがるイメージである。詩の表現は個人的な記憶から複数の回路をたどって、概念に置きかわるイメージに結晶する。ナイフの閃きのような微笑みをうかべる「別離」、年若く死ぬ母親に似る「別離」、自分の母親に似る「別離」、ミミズクでありステップの雌馬である「別離」、それらの「別離」のイメージを、読み手は記憶の奥に眠るイメージとして共有し、または共有しない。この詩に連ねられた暗喩は、主体の個の自己表出、また自己表現であり、文学や芸術のレミニセンスですら、読者にとっては、見知らぬ言葉の連なり以上のものではない可能性がある。

　しかし、暗喩は記憶のなかの、かつて見たもの、体験したものを呼び覚ますだけではない。詩人が次々に送り出す暗喩が、読み手の記憶に「別離」の新しいイメージとして打ちこまれる。このときに少なからぬ役割を果たしているのは、詩のリズムである。ツヴェターエワならではのものだ。詩は強く、早く打つ主体の鼓動を読み手に伝えてくる。暗喩の連なりは「弱強弱」の韻律に支えられる。詩の中核をなす「別離」という意味のロシア語は raz-lû-ka という三音節の単語で、まんなかの母音にアクセントをもつ。原詩では一七回使われ、韻律をコントロールしている。弱強弱の三音節は、一つの詩行に四回ずつくりかえされる。声に出して読むときより、黙読の中でリズムはより鮮明に響く。

こうしたロシア詩の伝統的な韻律にもかかわらず、詩の形は整ったものではない。逸脱していると感じるのは、なぜだろう。主な理由はシンタクスと句読法にある。完結しない文が次々に始まっては途切れ、ティレ（横線）が文頭や文中にあわただしくはいりこむ。文はときに詩行の途中で途切れる。主語がなく副詞句だけの文もある。語り出しては息が乱れ、言葉をのむ。荒い息づかいに似た断続的な詩行は、他の作品にも使われ、ツヴェターエワの詩を読んだ後は、独特の断続的なリズムの余韻が脳裏にしばらく響いている。

さて、この詩の「別離」にはさまざまの顔がある。主体にとっての「別離」は人格化された、あるいはそれ以上の何か。無遠慮に押し入り、皮膚を刺し、耳元で鳴り、床を踏みならし、口笛をふく闖入者。農民一揆の首領の面立ち。わめき、ぶつぶつとつぶやく。殴り、内臓を引きずり出し、息の根を止める虐殺者。

他方で、「別離」は引き裂かれた絹であり、幼子を残して死にゆく若い母親の顔もしている、病弱で死んだ自分の母の顔でもあり、また、世間が認めぬ恋ゆえに息子から引き離される『アンナ・カレーニナ』の女主人公の苦悩の顔でもある。

詩は攻撃者と、それに打ちのめされる側の、両者にとっての「別離」の顔を浮かびあがらせ、「別離」が持つ破壊的なエネルギーを表現し、そしてつぎの言葉で、ふいに断ちきられるように終わる。

今おまえの名はマリーナだ　別離よ

これが、この激しい息づかいの詩の収束だ。これまでにあったすべての言葉は、詩人自身がこの言葉にたどり着くまでの迷路のようにも見える。別離の不意打ちをくらい、身内をかきむしられるような痛みに苦悩する。その反対に、別離の苦痛を平然と相手にもたらす。そのふたつともが「私」だ。「別離」という行為を介して「加害者」になり、「被害者」にもなる自分だ。

ツヴェターエワは一般的な倫理観で、「別離」の善悪、是非を詩で論じているわけではない。それは詩が担うべき仕事ではない。詩人は時に自分という存在をひとりで背負いきれず、詩に向かう。すべての詩人がいつもそうだというのではないが、詩は多かれ少なかれ結果として個人の自己表出であり、また能動的な自己表現を可能にする武器にもなる。詩の言葉に向かうツヴェターエワ、現実を生きるツヴェターエワ、そのいずれの個性も、あえて表現すれば、それは内なる「抗いがたい自然」と呼ぶしかなく、またこれを二つに分かつことは難しい。一九二〇年に書かれた別の詩は、

石から作られるもの　土から作られるもの
　この私は銀色に輝く　光り輝く
私の仕事は裏切り　名はマリーナ
　つかのまの　海の泡だ
（一九二〇年）

とうたい、海を想起させるマリーナという名に、内なる「自然」の在りかをゆだねた。またべつの詩には、

私のうたの力は
私だけが　知らない
女ではなく　海の胎から

生まれたから
（一九二〇年六月十三日　二つのうたⅠ）

という一節がある。

＊＊＊＊＊

二〇〇〇年代に入って、同時代の詩人パステルナークとツヴェターエワが一九二二年から一九三六年まで、十年を超えて交わした往復書簡が出版された。今年、『動乱の時代を超えて』と題され、装丁を改めて刊行された本には、散逸や紛失したものも、下書きやメモをもとに復元し、二〇〇通近くが収められた。パステルナークが敬称で書き始めた一通目には、ツヴェターエワの詩を読んだ心の震えと賞讃が綴られている。

……読みながら声が震え……喉元に嗚咽がいくどもこみ上げました。僕の大切な、比類ない詩人よ、あなたは子供などで

ツヴェターエワ・パステルナーク書簡
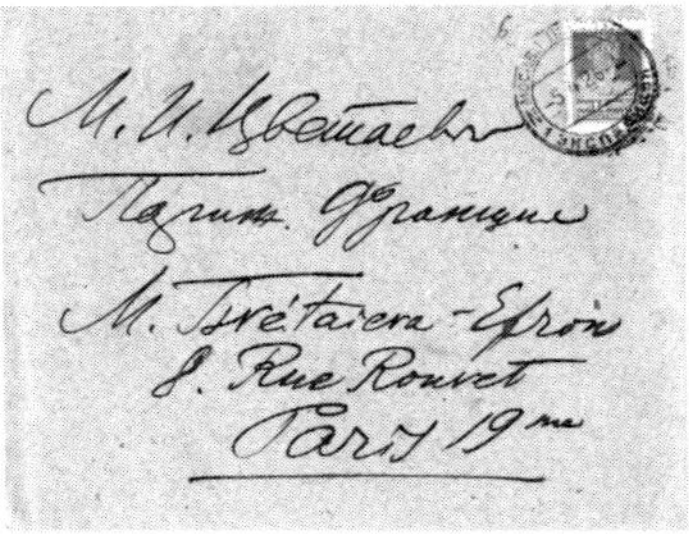

はない。

手紙は革命後の動乱をのがれてベルリンで赤貧の日々を過ごす詩人の心を暖めただろう。返信には、パステルナークのうちに、みずからの詩の誠実な読み手を発見した喜びが綴られた。

やがてツヴェターエワの感情が次第に高まり、感想を求めて送られる詩と、心情のあふれる手紙が矢継ぎ早に届くようになると、パステルナークは戸惑い、辟易し、返事をためらう。そのことにツヴェターエワが落胆し沈黙すると、今度はパステルナークが不安にかられ、沈黙の理由を問い、許しを乞い、返事を求めた。

詩の言葉を通して、何よりもその詩が持つ美質を通してツヴェターエワを感じようとするパステルナークと、手紙を通して人間の体温を確認しようとするツヴェターエワの希求は、必ずしも同じ方向を向いていない。それでも、あるいはそれだからこそ、書簡に展開する豊かな感情の起伏、ふたりの言葉が発する「熱」には、読み手を引きつけてやまない魅力がある。

ベルリンにいた短い期間、ツヴェターエワは列車でよくプラハの夫のもとに通った。小さな駅だ。早めに着いて、街灯のともり始める暮れ方、うす暗いプラットホームを歩いた。そこには、ただひとつ灯りのついていない街灯があった。「そこが、あなたと会う場所。そこにあなたを呼び出しては、肩をならべて長い間おしゃべりをした。（中略）あなたは、あの街灯のポールとおなじ、私の日々になくてはならないもの」（一九二三年二月、パステルナーク宛書簡）。

ツヴェターエワの「抗いがたい自然」に、パステルナークが抱いた感情はアンビバレンス。ツヴェターエワその人と詩への強い愛であり、同時に疎ましさであったろう。ツヴェターエワもまた自分を愛しながら、嫌悪していた。おそらく、それが人間についての真実なのだ。二人の詩人が書簡を通して交わした愛が、その真実ゆえに損なわれることはない。

君のために　何ができるだろう
どうにかして　知らせてほしい
君は黙って行ってしまった
無言で　僕を咎めている（パステルナーク『マリーナ・ツヴェターエワの思い出に』一九四三年）

## ボリース・パステルナーク（1890-1960）（略歴は一二六頁参照）

### 自然が成し遂げるものに追いつく――

夜通し　水は息もつかずにはたらき
朝まで　雨は　亜麻仁油を燃やした
薄紫の屋根の下から　もやを立ちのぼらせ
地面は　壺のスープのように　けむっている

草が　跳ね返し　起ちあがる　そのとき
私のおののきを　誰が水滴に伝えられよう
一番鶏が叫び　続いて二番鶏が

やがてすべての鶏が声を上げる　そのときの
年年の　名をひとつずつ　まさぐり
つぎつぎに　闇に誰何し
鶏は　変化を告げはじめる
雨や　地面や　愛に　全てのものに

（«Петухи», 1923）

夜を徹して降りつづく雨を見つめている。見ているというよりも聞いている。雨は、もやに見えるほどに地面をたたき、湯気のように煙っている。雨は現実であり、同時に暗喩でもある。心に降り、心を支配する。降りしきる雨のなか、夜は明けはじめる。「私」は一番鶏の鳴くときを待っている。そのときに自分を襲うおののきを待っている。怯えかもしれないし、心をさし貫く痛みかもしれない。どのように訳そうと、雨に閉ざされた主体の内奥に生まれる、主体だけのものだから、私たちに知るすべはないが、この、おののきとも、怯えとも、痛みとも表しがたい、読み手には、おぼろにしか見えないものこそが、この詩を存在させている核なのだと感じる。

そして、この核となる言葉をくるむ雨は、暗喩と直喩を駆使して、とても具体的に描かれ、臨場感をもって読み手を包む。雨は亜麻仁油を燃やすように降る。壷から立ちのぼるスープのようにけむる。冷え冷えとした空気も、土の匂いも感じられるほどの強い力がある。詩のなかの心的体験はこうして、具体的なイメージを通して伝えられることで、読み手に共有される。

雨を聴く「私」には、待ち受けるものがある。変化が告げられる「そのとき」は近くに迫った未来で、詩の外側にある。「おののき」の大きさは、「誰が水滴に伝えられよう」という反語法によって予告されたので、読み手は不安とともに、詩の外にとりのこされる。

この詩には、明確な意識をもった方法があるようだ。パステルナークの詩全体にいえることかどうかは、まだわからないけれども、現実の姿を、具象性を失わずにとりこみ、これを暗喩という〈価値〉にして提示する力ともいうべきもの。言葉が現実の形、というだけでなく、重さも、風袋も、匂いも、音も、周りの空気もすべてを引き連れ、やってくる。読み終わった時にのこるのは、たったいま自分がある場所にいたという感覚である。

パステルナーク自身が、『安全通行証』という自伝的作品のなかで語っている言葉がある。

芸術では人は口を閉ざし、イメージが語りだす。自然が成し遂げることに追いついていけるのは、実はイメージだけなのだ。

そうだ。変化の兆しさえ、イメージが主役になる。雨にひしゃげていた草がまっすぐ背筋を伸ばす。一番鶏が鳴く。二番鶏が鳴く。これらのイメージはこのとき、つまり、雨も、草も、しずくも、雄鶏も、等しいレベルで人格化され、主体の心の動きに呼応して動く。

たとえば、文学者ドミートリー・リハチョフは、詩人について、こんなことを書いている。詩人の父で画家のレオニード・パステルナークは、どこにいこうと、自宅でも、知人の家でも、コンサートの席でも、目にする瞬間をスケッチに記録していた。一瞬の時を停止させたような、それらのスケッチ。詩人パステルナークが詩の中でやっていたことも、父のスケッチと同じく、暗喩の鎖を連ね、ひとつの現象を一瞬停止させてみせることだった、と。

こうした自然の細部は、観察された自然そのものでなく、詩人の内側に呼応した暗喩としてそこにある。これが、詩のなかに深くゆたかな空間を作り出している。

もうひとつの詩。

鳥がうたいだす季節の到来を　枝をゆすって
たしかめている風のなかで
濡れそぼる小雀の　しずくを浴びた
ライラックの枝よ

しずくは　カフスボタンの重み
庭は　まぶしくきらめいている
百万の青い涙を受け
波打つ川面のように

私の思いを揺りかごに
おまえのせいで　ひびだらけだったのに
きょうは　夜更けのうちに命を吹き返し
初めてつぶやき　香りをたて

夜もすがら　窓をたたいていた
鎧戸はかたかた音をたて
ふいに　湿っぽい饐えた匂いが
ドレスの上を走り抜けた

いくつもの呼び名　いくつもの時の
開かれていく妙なるリストに　目を覚まし
この昼間を　アネモネの瞳で
見まわしている

（«Ты в ветре, веткойпробующей», 1922）

春の訪れをうたった詩。「私」は、庭のライラックの枝をゆする風の音に聴きいっている。雪が溶け、しずくになり滴ると、雀は、しずくにぬれた重い体を、寒さで樹皮がごわごわになった枝に預けて、庭をふきぬける風に揺れる。庭全体も、無数のしずくにぬれて光っている。風は夜更けの間吹きあれて、朝には目の覚めるような春が庭の色を、つぎつぎに塗りかえていく。

この詩の、ロシア語の原文は少し変わっていて、意図的に曖昧さをひきこんでいるところがある。

まず主語を省略し、人称代名詞を曖昧に使っている。たとえば、三連目の「命を吹き返し初めてつぶやき　香りをたて」の主語は男性形の人称代名詞なので、「庭」だろう、と推測する。次の四連目に移ると、「窓をたたいていた」という動詞に主語がない。「窓をたたいていた」なら、風だろうと思うと、ここには主語の権利を主張する男性形が三つある。風、庭、匂い。次の五連目にいたって、「目を覚まし」、「見まわしている」のふたつの言葉が、庭をはっきり主役に定めることになる。

また、二人称単数はライラックの枝に呼びかけていながら、その向きが少しずつ曖昧になり、消えてしまう。


パステルナークの詩はわかりにくいと思われている。自分でもそう感じるようになって、「説明のための」題をつけるようになったという。パステルナークが、伝統的な詩歌に受け継がれてきた高踏的な表現に頼ることも、自分の心的体験に無縁な、既にある暗喩や直喩の助けを借りることもなく、自分の感性にすべてを委ねて、「自然が成し遂げていること」の姿を、自分が感得したイメージとして、言葉に組みたてていることを思えば、「わかりにくい」という印象はふしぎに思える。詩の一字一句の意味を明らかにすることが、詩を読むことではないはずだ。読み終えたとき、心によびさまされたもの、脳裏に広がった空間を生きること。これこそが詩の楽しみというものだ。

パステルナークを読む同時代の人たちの記憶にも、詩人が作り出すイメージは一人歩きし、奥深く入っていったようだ。

その一人に、詩人マリーナ・ツヴェターエワの娘アリアドナ・エフロンがいる。アリアドナは母親を通じてパステルナークを読み、パステルナークを想像し、パステルナークをいつも身近にかんじていた。

二人が会ったのは数回だけで、ふたりをつなぐ大きな絆は手紙だった。手紙のやりとりは、私が知る限り、一九四七年からはじまり、その間に、スパイ容疑でのアリアドナの二度目の逮捕と、六年の刑期をはさんで、一九五九年までつづいた。

一九四九年二月から一九五五年の名誉回復のときまで二度目の刑期をすごしたシベリアの、エニセイ川を北にさかのぼったトゥルハンスクから、遠いモスクワへ飛んでゆく手紙の、たったふたつの宛先のひとつはパステルナーク、そしてモスクワからも手紙は飛んでいった。手紙には詩やシェークスピアの翻訳、ときには本や現金が添えられた。

アリアドナは、一九四八年九月パステルナークにあてた手紙に書いている。

自然のなかで、一番すてきで、何よりも心ときめくことに出会うと、いつも、どんな年になっても、どんな環境にあっても、私はあなたを思い出してしまうの。あなたは、降り出しの最初のしずくが水銀の玉になって塵のなかを転がる雨や、雷雨や、震える木々の葉や、涙がやがて笑顔に、笑顔が涙に変わっていくときの、優しくて、光り輝く、女性らしい表情を詩にうたう。自然の感覚、小さな子供の頃の感覚、晴れやかな日や悲しみの感覚、味や匂いの感覚、そして、怒らないでね、女心っていう、すてきだけど、手垢のついてしまった言葉の響き。こんなものもみんな、あなたは思いのままに歌うことができた。

パステルナークの詩法は、おそらく幼少期から少年期の成長過程に養われたものだ。画家であった父の、観察し、瞬時にものや人の動きをとらえる目と表現力、ピアニストの母カウフマンから伝えられた音を聞き分ける感性。それらのいずれも、観念の積み木で構築される塔になってそびえるのでなく、雪と雨が深くしみこんだロシアの土壌で育ち、ゆたかなふくらみを備えた言葉になった。

Довид Кнут

**ドーヴィド・クヌート**
(1900-1955)

本名はドゥーヴィド・フィクスマン

1900年　ロシア帝国領ベッサラビア郡オルゲーエフ市に食品店主の長男として生まれる。まもなく家族と共にキシニョフに転居

1903年　キシニョフで国家によるユダヤ人虐殺(ポグロム)。

1914年　最初の詩作品を新聞に発表。

1920年　ベッサラビア・ルーマニアの統合後、フランス、パリに移住。文学サークル、移動演劇などの活動に参加。

1924年　ドーヴィド・クヌートの筆名で、二つの詩篇がソ連の書籍に掲載される。

1925年　最初の詩集『わが幾千年の詩』。

1928年　『第二詩集』

1932年　『パリの夜更け』

1940年　ドイツによるパリ占領後、フランス南部トゥールーズに避難し、レジスタンスに参加。

1949年　詩選集を出版後、家族と共にイスラエルに移住。

1955年　テルアビブで病死。54歳。

## わたしは何者か　どこへ行くのか

もう言葉が見つからない
ほしいのはほんの少し　それを待っている
語るべきことがないから　黙っている
だから語らずに　黙っている

いったい何が欲しかったのか
目もくらむ夏の庭園
軍楽隊が南国の至福を鳴りひびかせ
わたしに約束していた　こんなものじゃないぞと

命を謳歌する　土埃の庭園
欺かれた　トランペットの熱狂に
心酔わすライラックの青い陰に

夜更けの薄闇　南ロシアの落日
夕べの輪舞と歌

まやかしだった　情け容赦もないトランペットの轟き
ベッサラビアの狂おしい空
やわらかな娘の手　疑いを知らぬ熱い唇
おお　この世の　痛ましさ　錯綜　荒々しさ
日々のパンの　屈辱

閑散とする広場に　雪は覚束なく落ちる
打ち捨てられた世界を覆う　死の穏やかさ
街頭が凍りつく　男は跳ねるように歩く
友よ　寒い

（詩集『パリの夜』所収、«Уже ничего не умею сказать,...» 一九三一年発表）

詩集『パリの夜』に収められたこの詩は、パリで書かれた。ここにある風景は現実の居場所と、一二年前クヌートが出発してきた地点を示している。その地点とはいうまでもなくべッサラビアだ。

パリの通りを彷徨する詩人は、はるかな国に自分を誘った故郷の空気、すべてを約束していた空の高さ、広々とした野のつらなりに、書けない恨みをぶつけ、異国の「パンの苦さ」を嘆く。食べるために、自分は肉体労働もし、レストランの厨房で働きもした。詩を書きたいのに、いま自分は何をしているのか。

光と影が表裏をなして翻り、さらに翻る、生きている限り、状況の変転は誰にも起こりうる。誰かに、何かに欺かれ、裏切られたと感じるのも誰しものこと。それにしても。

クヌートの故郷はベッサラビア、現在のモルドヴァの首都キシニョフに近いオルゲーエフという村である。一九〇〇年にパン屋を営むユダヤ人の家庭に生まれ、まもなくキシニョフに移る。当時のベッサラビアはロシア帝国領であり、一九〇三年には、名高いキシニョフのポグロム（集団虐殺）がユダヤ人たちを襲い、全土に広がる。クヌートはわずかに三歳だったが、意識するかしないかにかかわらず、ポグロムをくぐりぬける体験をしたことになる。ポグロムはやがて収束するけれども、異民族に対するロシア化政策は進められ、少年はユダヤ人学校でロシア語教育を受け、ロシアの詩人プーシキンを愛読するようになる。

これから私が書きたいと思うのは、クヌートを詩作に突き動かしたもの、表現言語として選ばれたロシア語、そして詩が表現するクヌートの内面、これら事柄のかかわりについてである。クヌートがたどった地理的な変転もまた、ここに関わる。

クヌートは、ロシア革命とともにルーマニア王国に併合されたベッサラビアを離れて一九二〇年パリに移り、たくさんの職業を転転としながら、詩を発表するようになる。一九二五年最初の詩集『わが幾千年の詩』に収められた詩を読んでみよう。

わたしは
メイルの息子ダヴィド・アリ
闇を啓くメイルの息子
イワノスの麓の生まれ
そこは　つましい黍粥と
羊の乳のブリンザとカチカヴァルあふれる土地

森と屈強なる男
愉快なる酒とブロンズ色の胸豊かな女
ステップと赤毛の玉蜀黍の狭間
ロマの野営に
焚き火の煙立つところ

ロシア文学にユダヤ系として知られる詩人のうち、パステルナークもマンデリシュタムも、自分が何者であるかをこのようには歌わなかったように思う。

メイルとは父親の名である。息子をあらわすヘブライ語の言葉「ベン」を使い、「ヤー・ダヴィド・アリ・ベン・メイーラ」とロシア語で詩をつむぎはじめる。自分を古代イスラエルの王ダビデになぞらえて、ユダヤ民族への帰属をほこらかにうたいつつ、ベッサラビアのゆたかな風景をそこに重ねる。イワノス山。山羊の乳で作ったモルドヴァ産のチーズ、ブリンザ、カチカヴァル。森と玉蜀黍畑が広がり、そのあいだには、ロマの野営地も見える。

そして表現の言葉。クヌートは小さいときから、ユダヤの言葉であるヘブライ語やイディッシュを学び話すこともできた。それにもかかわらず、表現の言葉であるロシア語を愛し、この詩もロシア語で書いた。

ロシア語を母語とする国は、クヌートにとっては現実には異国であり、ロシア詩のメッカたるモスクワもペテルブルグもはるかな場所だ。そしてまた自分が所属すべき民族の居場所は、この地上のどこにもない。それとも、この地上のすべてか。よしんばあったとしても、その故郷はとても幸福な場所には見えなかったろう。こんな状況を自分に想像するのはつらいことだ。

この詩は私には、美しいが、現実から遠ざかる楼閣に思える。詩人は懸命に背筋を伸ばし、幾千年のいにしえに目を据え、自分の拠って立つ場所を見定めようとしているが、蜃気楼のようだ。詩は、民族への強い帰属意識を示す、気持ちのこもった言葉で結ばれている。

わたしは
メイルの息子ダヴィド・アリ
数千年のときを醸された酒
途上の砂に足をとめたのは
君ら兄弟に語るため
愛と荒寥の重荷を

クヌートにとって、ロシア語の問題は小さくはなかった。パリで詩を発表するようになると、クヌートはホダセヴィチやメレジュコフスキー、ナボコフらロシアの亡命文学者たちと知り合う。彼の地の文学者たちは、クヌートの才能を認めながら、とくにロシア語や詩の技法、センスについての評価は厳しかった。こうした亡命文学者がどう生計を立てていたか知らないけれども、クヌートの暮らしぶりとはずいぶん異なっていたことは容易に想像できる。それだけではない、ロシアの大都会で身についた文化や教養は、ロシアを一度も訪れたことのないクヌートにとって、欲しくとも手の届かないものであったろう。ナボコフ曰く、「クヌートには、いい詩を書きながら、途中でとんでもない悪趣味の深いみずたまりに足を突っ込むという、類まれな癖がある」。冒頭の詩で胸を打つ絶望感は、ここにも源がありそうに思える。詩言語としての洗練されたロシア語も技法も持ちあわせていないのではないかという懼れ、いいかえれば自分の詩の力を信じることができない焦燥。それもあるだろうが、私には、別な問題が気になる。パリは、亡命者たちの小さな世界をのぞけば、ロシア語で詩に親しむごくふつうの読者を期待しにくい町だ。詩の書き手はもちろんのこと、読者も、批評家も、本当に狭い、ひとつのサークルのなかに収まってしまうほどの規模でしかなかったろう。

それでも、クヌートの詩には、技術的な欠点（ロシア語を母語としない私がいうのもおかしな話ではあるが）を超えて、読み手の心を打つものがある。

ある同時代の識者のこんな見方もある。

「ひょっとすると、クヌートにとってロシアという形態はたまたまのものではないだろうか。クヌートの詩はすぐれてユダヤ的なものであり、なぜ古代ユダヤの言葉で書かないのかと不思議な気持ちになる。そこがロシア文学界に属するユダヤ詩人とクヌートの違いだ」。

そうだろうか。クヌートの詩は決してユダヤ人の自己証明のためだけに書かれたとは私には思えない。最良の作といわれる『キシニョフの弔い』は、ユダヤ人の普遍的な悲しみをロシア語で表現した作品として、何よりもロシアの読者が読むべきものではないだろうか。キシニョフのポグロムがクヌートの記憶にたしかに存在することの証しである。

産院のざらついた壁伝いに
ユダヤ人の遺体が棒切れに乗せて運ばれる
くたびれた葬式用の覆いの下に
人生に毟りつくされた人の

骨ばかりの輪郭が浮き上がる

遺体を運ぶ老人たちの後ろを
マネ・カツ*の絵そっくりなユダヤ人がかたまって行く
神聖と定めの入り混じった匂いが漂う
ユダヤの匂い　赤貧と汗
鰊、シミ虫、炒めた玉葱の
聖典の、襤褸と　シナゴーグの

＊マネ・カツはユダヤ人の画家

クヌートの人生はポグロムとともに幕をあけ、やがて別の、さらに規模の大きなポグロムが、大切な伴侶を奪っていった。クヌートの二度目の結婚相手であったサラは、作曲家スクリャービンの娘であったが、フランスで共にしたパルチザン活動のさなか、ゲシュタポに射殺されて、この世を去った。

「アウシュビッツ以後、詩を書くことは野蛮である」という言葉があったが、否応なく、民族的出自を、つねに、ほぼ暴力的に自覚させられてきた体験は、詩人クヌートを十分に打ちのめしていたはずである。ささやかに残されたいくつかの作品を読むことを通して、「広い世界の片隅で、いまという時代に、君の詩を読んでいる人間がいるぞ」というメッセージを、天空のクヌートに伝えたい。

## アンナ・アフマートワ（1889-1966）（略歴は七五頁参照）

### わたしは川のように

わたしは　川のように
容赦ない時代に　向きを変えられ
いのちをすりかえられた　いのちは
別の川床に流れた　元の川床をはずれて
だから　自分の岸を　知らない
どれだけの光景を　見逃したことか
幕は　わたしのいないあいだに　上がっては
下りた　いくたの友に

一生　一度も　出会わなかった
いくたの　町の姿かたちに
目は　涙にうるんだはず
でも　わたしが知るのは　ただ一つの町
夢のなかでも　指で探りあてることができる
書きおえられなかった　いくつもの詩が
つきまとい　ひそかにうたっている
いつか　この息の根をとめるかもしれない
わたしが知るのは　はじめとおわり
おわりのあとのいのち　そして
いまさら思い出しても仕方ない何か
ひとりの女が　わたしの
たったひとつの場所に　居すわり
わたしの　正式の名を　かたっている
わたしには　あだ名をのこし　そのあだ名で
わたしは　なしうるすべてを　作りあげた

だから　わたしが入るのは、他人の墓だ

でも時に　春のきまぐれ風や
ゆきずりの本のなかの　言葉のつらなり
または　誰かの笑みが　前ぶれなしに
あったはずのいのちに　わたしを　ひきこむ
あの年には　この年には　こんなことがあったはず
旅をして　目にやきつけ　考え
思いだし　そしてまた　あたらしい恋に入っていく
鏡にすべりこむように　ぼんやりした
うしろめたさと　昨日まではなかった
一本のしわをつけて

けれど　むこう側から
この　いまのいのちをみたなら
嫉妬だったと　思い知るだろう

（«Северные элегии. Пятая», 1945）

失われた時間をとりもどして、もう一度生きなおすことはできない。時間は逆に流れない。それでも、もし「自分はあの時、ああすべきではなかった」、「もうひとつの道を選ぶべきだった」といえるなら、それは自らを悔い、諦めるだけですむ。簡単なことではないけれど。

一九世紀を跨いで二〇世紀に足を踏みいれ、ひとつながりにつづいている道だと疑いもなく歩いていると、ふいに足払いをかけられる。マンデリシュタムも、ブロークも、この時代の詩人は多少とも、時代に足をすくわれた。この詩を読めば、アフマートワも例外ではなかったことがわかる。

『北の悲歌』は、一九二一年から一九六四年までの四〇年あまりの年月に少しずつ書かれた七つの詩で構成されている。最初からまとまった一つの作品として書かれたのでなく、時を経て形をなし連作詩になったものだ。

アフマートワは第二次大戦がはじまると住みなれたレニングラードをはなれて、疎開先を変えながら、中央アジア、ウズベキスタンのタシュケントに居を定めて、戦争の終結とともに、レニングラードにもどった。冒頭にかかげた第五歌は、この時期に書かれた。

たくさんの時間、その間にあった出来事、あるはずだったこと、あってほしかったことが、この詩には、溢れださんばかりに、つまっている。そのひとつひとつ数えあげるには、おそらく、流れたと同じ時間が必要なはずだ。このときを、背負いきれないほどの荷を負って生きたことが、切実に伝わる。このような時間を生き抜いた詩人は、このような長い時の流れを、自分が生きた時の流れを、ひとつの詩にこめることをなしえた詩人は稀であろう。

パステルナークは、「アフマートワの詩は、細かな事柄のそれぞれを感じわける稀有な敏感さに支えられている、その感覚がとらえた輪郭やディテールが、そのまま時代の絵になっていく」と書いている。戦争の集結まで二年をのこした一九四三年に書かれた文章には、同時代を生きて、アフマートワの作品を、初期からこの時期にいたるまで熱心に読み、愛してきたパステルナークだからこその、アフマートワの詩への心情こもった批評がある。

疎開に至るまでには、国内の大変動への引き金になったもう一つの世界戦争があり、革命の後の一九二一年には、最初の夫であった詩人グミリョフの逮捕と銃殺、一九三八年には息子レフの逮捕と流刑があり、アフマートワの日々は未決監獄への往復、流刑後の釈放嘆願に費やされた。一九三五年から一九四〇年にかけて書かれた長詩『レクイエム』は、それを題材とする詩だ。

グミリョフの死から数年後には、アフマートワの詩はかつての詩も、新しく書かれた詩も、ほとんどが活字の世界から消え、人々の目に触れなくなった。詩人のなかに生まれでた新しい詩も、読まれるあてなく、ただ詩人の周囲でささやきつづけ、存在を主張していたが、それらの詩の多くは、やがて疎開先を転々とする移動の中で失われてしまった。

この詩には、自分の名をかたった「女」へのひそかな呪詛が書かれている。「女」とは、詩人自身である。アフマートワが、自分の意志でなくすりかえられた、もうひとつの流れのなかで、それぞれの生活の局面にどうふるまったのか、つぶさに知ることはできない。それでも、身近な人間たちが陥った運命や、その運命にひきくらべ、自分が生きて、呼吸しつづけていることについて、また失われた詩について、自分を鞭打つ気持ちや、苦痛がなかったはずはない。そう推察できるだけだ。

さらに裏返した自己批評は、最後の連にある。

けれど　むこう側から
この　いまのいのちをみたなら
嫉妬だったと　思い知るだろう

いのちが時代によってすりかえられたとしても、そのいのちは自分が生きる時間なのであり、あったはずの生を想像することは、結局は嫉妬に堕するということか。

アフマートワの詩人としての本格的な一歩は、一九一二年二十三歳で発表した、処女詩集『夕べ』だった。詩集は、一九一一年夫のグミリョフ、マンデリシュタムらとともに、シンボリズムに対抗するアクメイズムののろしをあげ、立ち上げた『詩人の作業場』から出版された。アクメイストたちは、暗示の優美な技巧をつらね、果てしない深淵に誘いこんでは、読者を途方に暮れさせたシンボリズムの世界を終わらせ、あいまいな言葉の連なりが流れ続ける詩はもういらないと宣言したのだった。

それまでに果てしなくふくらんでいた詩の風船は小さくなり、目の高さにまで下りてきた。それがアフマートワの詩だった。短いフレーズ、家族や恋人、友人と話すサイズのフレーズが、時には直接話法で、恋人や、他の誰かの言葉をそのまま詩に書きこんでしまう手法も効果を発揮して、生き生きと呼吸し、読者たちは小説を読むように、アフマートワの詩を読んだ。そのころの詩は、たとえばこんな風だった。

凍てつく風を　くぐりぬけて

火の傍で　ぬくもるのがうれしくて
心を追いかけていなかった
だからあの人を　盗まれてしまった

新年の祝いは　華やかにつづき
新年のバラの茎は　みずみずしく濡れている
けれど　胸のなかには　もう聞こえない
とんぼの羽音

（後略）

（一九一四年、『数珠』所収）

詩やフレーズのサイズが小さくなったというだけではない。そこで謳われる感情も大きさや表現も、注意深く抑制されている。不安の感情さえ、簡潔な暗喩にこめて差しだされる。とても単純にみえる作法が、本当はよく考え抜かれている。ちいさな感情の揺れを大きく見せて、ぼやけたものにしてしまうのでなく、はりつめた心の動きを、均衡あるサイズで表現する。たとえばそれは、プーシキンの詩に少し似ているとも感じさせるところがある。いいかえると、アフマートワは、これまでの詩の作法を壊したのでなく、変形していた詩の形を元に戻し、そこに新しい酒を注いだのだ。
一九一四年に書かれたこの詩から、三〇年ほどを隔てた『北の哀歌』の第五歌に目を移してみると、詩人の相貌は変わった。当然のことだけれども、年をとり、一本のしわに気づく。歳月をまたぐ感情の流れは、幾重にもかさなり、時代の変動にじかにふれ、ゆさぶられ、左右に、上下に、大きく波を打ったことだろう。そのなかにあっても、揺るぎのないものとは何か。それは、視座を目の高さに保って心のゆれを表出する、アフマートワの詩の作法だ。

世界戦争と革命がかさなる一九一七年には、次のような詩が書かれた。

その声は　大いなる静寂と競い
静寂を打ちまかした
わたしのなかにはいまも　歌とも悲しみともつかぬ
戦のまえの　最後の冬がある
それは　スモーリヌイ聖堂の天蓋よりも白く
豪奢な　夏の庭園にもまして

謎めいていた　誰も知らなかった
かくも切なく　後ろをふりむこうとは

（一九一七年、『白い群れ』所収）

アフマートワは、リルケの『ドゥイノの悲歌』の形式に範をとりつつ、質的にまったく異なる悲歌を書いた。等身大の人間の苦悩は、白髪に覆われた晩年の写真とともに、読む者の記憶から長く去ることはないだろう。

Арсений Тарковский

## アルセーニー・タルコフスキー

（1907-1989）

1907年　ヘルソン州エリサベトグラードに生まれる。

1923年　モスクワに移り、新聞の編集員として働きながら、詩作やルポを執筆、民族詩人の詩作品の翻訳に取り組む。

1942～43年　独ソ戦の従軍記者。

1962年　処女詩集『初雪間近に』

1974年　『詩選集』

1978年　グルジア訳詩集『魔法の山々』

1982年　『年年の詩』

1989年　病死。81歳。

## トビリシの雨

ロシアではない　お前の町
その町を僕は　まだ知らない
ぬか雨に濡れそぼる楓
お前が住むほそい路地

つめたい雨の下の
街灯は　まぶしすぎ
路地には
よるべのない恋人たち

歩道はきつい坂道
どこまでものぼると
おまえの家は紛れてしまった

この古い町のどこかに

果てしないのぼり
果てしないくだり
ロシア語でない言葉が
肩先をかすめる

雨は霧の中から音もなく
しづくは　屋根を滴り落ちる
おまえは　眠っているのかい
ケテヴァナ　白を纏って

お前の町の路地に
よりによって　こんな天気に
ぼくは　通りかかった
つめたい雨の中

よりによって　こんな雨の
さだめのままの　この時は
お前を思う僕の心に
どこか　ひどく似通う

（«Дождь в Тбилиси» 一九八三年刊『年年の詩』所収）

伝記で見る限り、アルセーニー・タルコフスキーは、いくつかの恋と結婚を経て、恋の甘さも苦さも十分に味わったようだ。誰も知るように、それは背負った荷物に似ている。楽しければ軽く、辛ければ肩にくいこむ。恋はすぐれて個人的な心の動きであり、営為であると同時に、人間の生に深く根ざすがゆえに普遍的でもある。人が他人の恋に心を動かされるのも、それが理由であろう。

アルセーニー・タルコフスキーの詩が日本人に知られるようになったのは、おそらく、一九八〇年に息子のアンドレイ・タルコフスキーの監督した映画が上映されて以降のことと思う。映画『鏡』のなかで朗読された「ふたりの逢瀬の／すべての瞬間を僕らは祝った／神の顕現のように」の一節は、いまも記憶にみずみずしい。

冒頭にかかげた詩は恋の始まりを歌っている。異郷の町を、ケテヴァナという名の女性への思慕を抱いてさまよう詩人の道づれは雨である。知らない街に来て出会った女性に抱く気持ちは、どのようなものなのか。

この詩の成立に欠かせないのは、詩の冒頭から最後までを包む霧雨と、その雨がしみこんだ冷たい空気だ。雨は歩道も並木の楓も恋人たちも、あらゆるものをぬらし、深い湿気のなかにあらゆるものを閉じ込めてしまう。暮れた街の、雨に包まれた風景そのものは、ケテヴァナへの思いを抱えた詩人の心の姿に似通う。

息子アンドレイ・タルコフスキー

激しい雨ではなく、霧が空気に染みとおるようなこまやかな雨が、全体として、心もとなくさまよう詩人の心を伝える暗喩であり、イメージに結ばせる機能を果たしている。暗喩の働き方によって、意味的暗喩と像的暗喩があるとする考えに従えば、これは像的な暗喩といえるだろう。

通常メタファーは、ある意味の、他の語または語群による置き換えであり、置き換えは詩全体の一部にのみ及ぶものだ。たとえば、ある詩の一節。

銀《しろがね》いろの前額《ひたい》をもった朝が来て、
　私は快く眠りから覚める

（堀口大学、『朝のスペクトル』から）

「銀いろの前額」は、朝のイメージであり、新たな意味を付け加えるものではない。暗喩はこの詩行の中に完結する。

タルコフスキーの「雨」は詩全体をおおうメタファーになっている。だからこそ、この「雨」がなければ、この詩は成立しない。この「雨」は、この詩を詩たらしめる特別の〈価値〉に転換している。

別な視点からも考えてみる。「雨」の暗喩は像でありつつ、同時に、別のいくつかの具体的な感覚をも、読み手の中に呼び覚ます。水を含んだ空気が音をくぐもらせる。皮膚にまとわりつく空気の触感。雨の匂い。これらすべては、「白を纏って眠る」ケテヴァナの体の温もりに、詩人の思いをいざないつつ、そこから一層遠ざけもする。恋が肉体の感覚をともなう、いかに甘美なものかがよく分る。

最後の連は、叙情主体の意識に、この雨の風景と女性への自分の思慕の相似が浮かんで終わる。これは一見暗喩から直喩への転換にもみえるけれども、そうではない。叙情主体は雨の中を、ケテヴァナを思いながらさまよううちに、ふと自分の境遇を客観的に意識したのだ。印象にのこるこの締めくくりは、私たちに、叙情詩において、作者が叙情主体とは同じではないことを、改めて確認させてくれる。

詩にもあるように、グルジアの首都トビリシは、山に囲まれた盆地にあって、丘に登れば街をつらぬいて流れるクラ川も、家なみも、家々を包むように茂る並木も一望できる。丘の斜面を伝う狭い路地路地には、装飾的なバルコニーのついた家々が向かい合うようにして立ちならぶ。詩人は一九四五年にトビリシを訪れ、グルジア詩人と知り合い、グルジアの詩の翻訳にも関わった。ケテヴァナとの出会いも、この折のことだろう。

タルコフスキーが本格的に詩を書き始めたのは、モスクワの文学講座に通っていたころで、一九二七年には詩のアンソロジーや雑誌に作品が掲載された。ただ、最初の本格的な詩集『初雪間近に』が出版されたのは、ずっと後の、戦後、いわゆる「雪解け」の時代、詩人が五十五歳を迎えた一九六二年のことだ。同じ年、息子のアンドレイはヴェネツィア国際映画祭に第一回監督作品『イワンの少年時代』（邦題『僕の村は戦場だった』）を出品し最高賞を受賞して、名声では父に先んじた。

タルコフスキーの生き方は、パステルナークのそれにやや似たところがある。政治にかかわりを持たず、翻訳の仕事をしながら、ひっそり、自身の感覚を裏切らない詩を書きつづけてきたという意味で。

タルコフスキーの多くの詩は、詩人の個人的な感性が受けとめたものを書き留め、誰のものでもない言葉に結晶させたものだ。現実の向こうにあるものに容赦なく切りこむことも、テーブルをひっくり返すこともない。だからといって、そういうありかたを観照的といってしまうことも正確ではない。むしろ、奥深いところで、己に向けた切っ先が光っていることもある。

それを示すひとつの例をあげよう。タルコフスキーは一人の女性に捧げていくつもの詩を書いた。これはタルコフスキーの、いわば、もうひとつの「恋」である。一九四〇年タルコフスキーは、海外での流浪を終えてソ連に戻ってきたマリーナ・ツヴェターエワと出会い、交流がはじまる。その交流もやがて途切れて、半年後にツヴェターエワは自ら死を選んだ。

この個人的で内的な交流のプロセスを跡づけることはしないでおこう。死から二三年近くを経て、タルコフスキーの一九六三年の詩にはこうある。

人は誰も死ぬ
草は焼かれ　踏みしだかれる
だが僕には　どう歯がみし呻こうと
どんな別れより耳を打つ死があるのだ

矢である僕は　なぜ燃え尽きなかった
大火事に抱かれて　なぜ己の半円を
全うしなかった　なぜ僕は掌に
生を　ツバメを抱くように抱く　友よ

僕の憧れ　僕の天使はどこだ　憤怒と
敬虔の　右にも血　左にも
血　だが血の流れない君のそれは　幾倍も

致命的だ
　　　　　僕は戦争の弦から
放たれたので　君の目を閉じてやれない
僕は君に何をしたのか　どんな罪だ

（『二二一年前のように』一九六二年。一九八三年刊『年年の詩』所収）

タルコフスキーが、長い年月、自身の作品の出版を敢えて遠ざけてきたことには、詩人だけが知る理由があろう。強くのぞめば、出版できたであろう状況もあったが、タルコフスキーはそれをしなかった。そこにはタルコフスキーの強い意志が働いていたにちがいないが、そうした経緯について、語られることは少なかった。語られないこと、詩に書かれた以上のことは、結局私たちに知るすべはない。

夏がおわった
まるでなかったかのように
陽だまりはあたたかい
でも　それだけでいいのか

かないそうなことは何もかも
楓の葉のように
僕の手の中に舞い落ちた
でも　それだけでいいのか

善きことも　悪しきことも
空しく　消え去ったのではなかった
何もかも　明るく燃えていた
でも　それだけでいいのか

日々の暮らしがことごとに　翼の下に
かくまって　救ってくれた
僕はほんとうについていた
でも　それだけでいいのか

木の葉は日に灼きつくされず
枝は折りつくされることもなかった
日はガラスのように曇りなく洗われている
でも　それだけでいいのか

（一九八三年刊『年年の詩』所収）

Иосиф Бродский

## ヨシフ・ブロツキー
（1940-1996）

1940年　レニングラードのユダヤ人家庭に生まれる。16歳から詩作をはじめる。
1955年　中等学校を8年で退学したあと、さまざまな職業を転々とする。
1964年　「徒食」の容疑で逮捕・流刑。
1965年　『抒情詩・長篇詩』集がニューヨークで刊行される。
1972年　ソ連から国外追放。
1977年　詩集『品詞　1972-1976』。米国市民権取得。
1987年　ノーベル文学賞受賞
1996年　心臓発作で死去。ヴェニスに埋葬される。55歳。詩集『洪水のある風景』。

# 丘からの眺め

## 丘

一緒によく
丘の斜面に坐っていると
そこからみえた
教会や菜園や刑務所
そこからは　みえた
草が生い茂る貯水池も
砂地にサンダルを脱ぎ捨て
ふたりで坐っていた

両膝を抱え
雲を見ていた

見下ろす先の映画館のそばでは
不具な人たちがトラックを待っていた
斜面で　ガラス瓶がきらきらしていた
煉瓦のかけらの脇に
銀行の薔薇色の尖塔の上で
鳥が一羽なきながら舞っていた

町のまんなかは車が
三つの橋を通って公衆浴場をめざし
教会では鐘ががらんがらんとなった
電気技術者の婚礼だ
でもここは　丘の上は静かで
気持ちのいい風が流れていた
口笛も　大声もない
蚊がぶんぶんうなっているだけ

いつも坐っていたところは
草がふみしだかれて
ふたりの食べかすが
黒いしみのようにのこり
牛がきまって
舌で舐めとっていた
みんなそのことを知っていたけれど
ふたりは知らなかった

「物語」はこうして流れはじめる。男女の別も定かでないふたりは丘に坐り、周囲や眼下、そしてはるか先に広がる景色をみている。丘のしたではさまざまな人間の生活が進行し、教会も浴場も銀行も映画館も刑務所も各々の機能にしたがって動いている。ただ、ふたりはさわやかな風に吹かれて、丘にいるのだ。

吸殻とマッチとフォークは
砂地に埋もれかけ

はなれて　黒い瓶があった
爪先で　跳ね飛ばした瓶
かすかな鳴き声を聞きつけたので
ふたりは　茂みへと下り
無言で別れたのだ
坐っていたときのまま

やがてふたりは立ち上がって丘をくだる。一緒ではなく、別々な斜面を。

別々の斜面を
横向きになってくだっていくと
茂みはときに足元で閉じ
眼前にふたたび開けた
編み上げは草にすべり
石の隙間に水が光った
ひとりが小径にたどりつけば

ひとりは時を一に池に着く

丘にいたのは、ふたりだけではなかったようだ。丘には幾組かの恋人たちの営みが繰り広げられていたらしい。

その夜はいくつか婚礼があった
（たしかふたつ）
十枚のシャツとドレスが
下方の草叢にちらばっていた
夕焼けはもはや薄らぎはじめて
雨雲に　おいでと誘っていた
霧が地面からたちのぼり
鐘は鳴りつづけていた

別々の斜面をおりていくふたりに　同時に事件が起こる。

ひとりは躓くたびに声をあげ
ひとりは煙草のけむりを吐きだしながら
その夜をくだっていた
丘の別々な斜面を
ふたりのあいだに空間は広がっていったが
恐ろしい叫びが　時を同じくして
ふたりの叫びが　空気を揺るがした

ふいに茂みはひらけた
茂みは開けた　思いもかけず
ふたりは眠りから目覚めた気がし
その眠りは苦痛に満たされていた

茂みは咆哮とともに開けた
大地が割れたかのように
それぞれの前にふたりの人が現れ

手には鉄片をゆらしていた。

ひとりは斧で迎えられ
血が時計の上を流れた
もうひとりは心臓が破れて
みずからこと切れた
殺人者は森にふたりをひきずり
(その手にも血が流れた)
草の生い茂る池に捨てたので
ふたりはそこで再会した

花婿らがまだ　食卓の席に
たどり着こうと手探りしているころ
恐ろしい知らせは　広場に
牧童が早くももたらしていた
ぶ厚い雲の群れは

夕焼けに輝き
牝牛らは茂みで
血をむさぼり舐めていた
（中略）
小枝が足元でぽきぽきと鳴り
人々はうなされたように走っていた
茂みの牝牛どもが鳴き声をあげ
さっさと池におりはじめたとき
思いもかけず　誰の目にもはっきりと見えた
（あたりは暑気がみちていた）
緑の浮き草のなかに　黒い
闇への扉にも似た穴が
（中略）

詩は牧歌的にはじまり、サスペンスの緊張感とスピードで展開する。抒情詩にこういう手法が用いられることは普通なのだろうか。詩の形式として物語詩があることは知っている。

韻文で書かれた小説さえある。しかしこれは形式としての詩で書いた物語というものとは違っている。殺人事件を描いた物語ではない。それどころか逆に、物語の形式を導入に用いた抒情詩になっている。物語はそれ自体が長文の暗喩でありレトリックである。それは、ある強い実感を読み手に伝えるためにここに置かれた。実は、『丘』は六ページにもわたり、七つの部分で構成される長い作品だ。このなかで物語は四ページ近くを占め、本来の抒情詩の姿を持つ最後の部分に一気につき進む。物語が劇的であればあるほど、触発される感情は振幅の大きなものになる。

もう一度見よう。丘の風景は、ロシアの、この町の、ここから見た風景というのではない。抽象化された丘と、抽象化された風景。その抽象的な丘から見下ろしているふたりには、叙情主体が垣間みえる。ふたりのいる丘も、そこからふたりが見る風景も、あるものの言い換えであり、風景もまたある事柄に置き換えられた「絵」であろう。それは青春の視界にとらえられた主観的な地形と風景なのだ。

ふたりはさわやかな風に吹かれて風景を見はるかし、そこにある音さえも絵の中の一筆のように聞いている。ふたりはいつもその丘の同じ場所で景色を眺めていたが、自分たちがのこしていく食べかすを牛が舐めていたことは知らなかった。

やがてふたりが別れて丘を下り始めたとき、丘は残忍な相貌に一変する。凄惨な殺戮を経たのち、詩はやがて抒情詩本来の姿をあらわす。
物語を語り終えた詩は、殺戮に打ちのめされ、死という言葉ですべてを覆う。

死とは　すべての車であり
刑務所であり　菜園であり
死とは　すべての男であり
そこにぶらさがっているネクタイだ

死とは　ぼくらの力であり
ぼくらの労働であり　汗であり
死とは　ぼくらの血管であり
ぼくらの魂であり　肉体だ
二度とぼくらは丘に出ることはない

別なところで詩人は、「死は大鎌を手にした気味悪い骸骨とはちがう」と書いた。死はいたるところにいる、教会にも浴場にも、「ぼくら」のなかにもいる。青春は牧歌的な風景としての丘ではなく、実は、さまざまな闇を茂みにひそませ、時に死へと駆り立てることのできる場所だった。「死」は人のうちに在るものなのだと。ある人はつぎのように書いた。人は心に手をつけることのできない「弱さ」を抱えていて、それがあるとき臨界点に達すると死に至るか、姿を消してしまう。そういう危うさが人にはある、と。

丘は　ぼくらの青春
青春とも気づかず、ぼくらはそれを駆りたてる
丘は　幾百の通り
丘は　無数の下水溝
丘は　痛みであり誇りだ
丘は　地の果て
高みにのぼるほどに
それを遠く見はるかすことができる

丘は　ぼくらの苦しみ

丘は　叫びであり　もだえ
遠ざかっては　またやって来る
光であり　途方もない痛みだ
僕らの切なさと　恐怖
夢と　苦悩
その一切が　茂みの中にある

（中略）

死は　ただの平野
生きることは　連なりつづく丘だ

（«Холмы», 1962）

青春とよばれる時間は必ず終わり、少なからぬ痛みとともに終わることは稀ではない。その時間はその先の時間にどうつながっているのか、そこにどうやって入っていくかを青春は知らない。青春の「終わり」とその先の「はじまり」、それが突然に訪れる瞬間の驚きと痛みが、作品には鮮やかに映像化されている。青春の居場所であったはずの丘の茂みには、悪意と陥穽がひそみ、足元をすくい、闇討ちをくらわせる。「その先のはじまり」は、青春の「丘」のうちに、すでにして萌芽している、丘は時の不意打ちを仕掛ける危険な場所でもあるのだ。ここに描かれるのは足元をすくわれ、倒れ、暗い池の底に放りこまれた「無垢な青春」だ。詩人はこれを、あたかも予感のように書いたのだった。

『丘』を書いたときのヨシフ・ブロツキーは二十二歳だった。それからまもなく、ふたつの大きな不意打ちに詩人は襲われた。恋人の裏切りと逮捕である。

ブロツキーは八年生のとき中等学校を中途退学して、職を転々とする生活をしながら、詩作に向かう。旋盤工、地質調査の作業員、燈台守。「徒食者」の生活を送ったとして告発され、六四年に路上で不意打ちの逮捕。精神病院での拘留を経て、裁判、そしてアルハンゲリスクに流刑になった。このときの裁判で、ブロツキーが試みた職業の数は一三にのぼるとされた。

もうひとつの不意打ちは、恋人が詩人の親しい友人と関係を結んだことだった。この不意打ちは逮捕に先立つものであったが、逮捕されたことの衝撃をはるかに超えていた。詩人の実生活、その丘の茂みには、切なさも、恐怖も、夢も、苦悩も、まさに一切のことが待ち受けていたのだ。

## ヨシフ・ブロツキー（1940-1996）

### 真昼の部屋

I

真昼の部屋　この静けさは
覚めてさえ　夢のことのように
手を動かしても
びくとも　しない

窓からの光は　まぶしく
陽は天頂にのぼり

光の帯を　寄木の床に横たえて
木そのものになる

III
僕が生まれたのは　大きな国の
河口　冬　それは
いつも凍てついた　僕は
帰れない

IV
その町は　展望に
狂いはなく
あわてて　駆け出すまでもなかった
何かを見落としてまで
凍った川にかかる橋を思いだす

その　ざらざらした鋼鉄の感触
べつの冬が　頭に浮かぶ
つまり　物たちの冬のことだ

その冬は痕跡がみえない　レリーフは
まるで鏡のようだ
動きを止めた　あの振り子だけが
暖かい息をしている

VI
そこは　何列もの円柱があった
雪の中に迷いこんで
虜囚となり
衣服をはぎとられたもののように
真昼には　まるで日差しがもどってきたかのように

鋭角をふりかざし
尖頭が　曇天をついて
麻酔をかけたものだ

あてずっぽうのひとことは
口にした途端　たとえ　うその言葉でも
脳を燃えあがらせた　日没が
上階を燃えあがらせるように

VIII
そこは　いくつもの部屋があった
サイズのせいで　乱雑だった
その分　天井は　視線が
その白亜に向かうので
得をしていた　鏡は

黒ずむまでに　塵を
ためこみ　ヘラクラネウムの
灰のように　ふり積もっていた

部屋の主たちの上に　　本の束
椅子　凍りついた窓の
雲母　この部屋で起こったことは
永遠に　起こってしまったこと

XI
そこでは　いやでもコートを着た
寒気が　体に貼りついて
昔それを愛してくれた人たちも
今では忘れてしまった体を
大理石の像にする　肺もなく　名も

なく　顔の輪郭もなく
空っぽの空を背景に　壁龕の
宮殿の蛇腹にのっている　あれだ

そこでは　六時近くに　暗くなり
八時には　眠くなった
でも　ずっと自然だった　横顔を見せ
言葉をなくし　石になるほうが

XVI
覚えておくがいい　白い肉も　肉体も
切なる響きも　天かける想念も
二度と　同じものはない
無数の軍団を繰り出しても

それでも　千年後　ひとつの星が

誰にも用のない星が
光を放つ術も知らず
ただ闇を呑みこもうとするように

ひとつのまなざしが　肉体をこえて
先へ進み　遠ざかり
やがて　つぎつぎと送ってよこす
内に　取りこんだもののすべてを

（«Полдень в комнате, Урания» 所収、一九七八年）

ブロツキーは一九七二年五月のある日、警察に呼び出され、ソ連から出国するか、身柄を拘束され精神病院か刑務所に収容されるかのいずれかを選択するように求められた。三十二歳の時だ。

ブロツキーは、中学校を中退した後、定職をもたず、一〇を超える職業を転々としながら、詩を書いていた。「徒食者」は、それゆえに刑罰の対象になり、路上で逮捕され、北の村に流刑になって、一年半を過ごした。

この詩は、出国から六年を経て、アメリカのミシガン州にあるアナーバーという町で書いた。本当は一六の詩からなる、とても長い連作なので、すべてを掲載することはできない。冒頭に掲げたのは、一六の詩篇、四八もある節から一八を選んで訳出するという暴挙の結果である。

出だしの数行に心をひかれ読みはじめてから、何度も立ち止まってしまった。むずかしい。詩と詩のあいだにとてつもない想念の飛躍がある。旅行に持参し、寺の宿坊で畳に寝ころび詩行をながめた。

国籍を失い、アメリカにわたって、ミシガン大学で働いていたときに書いたこの詩には、一つの町が登場する。アナーバーの真昼の自室から手繰り寄せられる記憶はすべて、ブロツキーが生を受け、国外追放となるまで時間を過ごした町、遠く隔たって、もはや願っても手の届かないレニングラードにつながっている。

およそ人間が過ごした歳月の記憶には、そこにだけ閉じ込められた空気や光や音、感触、匂いがこもっている。かくも個人的な体験が、詩の言葉になり、その町に行ったこともない読み手の目の前にあらわれ、手を伸ばし触れようとすれば触れられ、過去の年、月、日、時刻にまで戻れそうな強い記憶が綴られる。

詩人と読み手は、まったく同じ記憶をともにすることはない。詩は一人の人間の自己表出なので、綴られた言葉に読み手の身内が反応して動くのは、「同じもの」を共有するからではなく、言葉がさしだすイメージに、読み手自身の記憶と想像が揺さぶられるからだ。実像そのものを知っても知らなくても。

ブロツキーの脳裏にあるレニングラードの姿、時間と空気がどう詩に立ち現われてくるか、詩行に沿ってたどってみよう。ネヴァの河口に、迷うこともかなわないほどに端正な面立ちを見せて立つ町。凍りついた白い流れとコントラストをなす橋の黒。ざらざらした鉄の感触。凍りついた町のなかに、ひとつだけ熱を発する場所がある。少年はイサーク寺院の重いドアを押してホールに入り、高い円天井から吊りさげられたフーコーの振り子を、外の冷気を周囲に発散させながら、見つめはじめる。ゆっくりとまわる地球の息遣いが少年をあたためる。

建物の円柱は一面の白のなかで顔をうなだれているのに、ネヴァ川の岸に沿う海軍省の金色の尖頭はどんよりした空を突き刺している。

降りしきる雪をコートにはりつけて歩けば、それは、宮殿前広場に面した新宮殿の玄関に、天を支え、人々に横顔を見せて声もなく立つ大理石のアトラス像にも似る。

こういう町に詩人は生まれて、生きてきた。時間が、いくつもの時代が重なり、あるいは交差する町を呼吸してきたということ、それは数百年のさまざまな時間の証が、詩人の数十年の時間のいくつものポイントに新しい印をつけていったということでもある。

詩人は、こんなことも思い出す。あの町にはいくつもの部屋があった。「部屋」は、一つの家族がみんなで暮らす、文字通りたったひとつきりの部屋。いわば、戸建ての一つの家に何家族かが一緒に住むようなものだ。住宅が不足したソ連で広く行われていた。集合住宅の中の一つの住宅を、何世帯かの家族が共同で使い、いくつかある寝室は、それぞれの家族に一つずつ割り当てられ、台所や浴室は、それらの家族が順番を決めて使った。その小さくて、小さいがゆえに人と物があふれ、混乱を引き起こす空間。

この部屋で起こったことは
永遠に　起こってしまったこと

時間はもどすことができない。時間は不可逆なものだから。人間そのものが時間的な生き物なのだ。一九七二年までの時を生きてきた自分は過去にあって、「そこ」で起こったことは、「永遠に起こってしまった」ことだ。人間に起こる一つ一つの出来事が、例外なくそうであるように。永遠に起こってしまったことを体にとりこんで、人は次の瞬間に進むしかない。

覚えておくがいい　白い肉も　肉体も
切なる響きも　天かける想念も
二度と　同じものはない
無数の軍団を繰り出しても

三連目の「僕は帰れない」という言葉は、肉体を「そこ」へ戻すことができないという意味だろうか。そうではなく、「そこ」にいた自分は、今の自分ではないことに、詩人は気づいた。過去の時間にもどることの不可能が、この言葉には集約されている。だからこそ、記憶の奥から引き出される情景の一枚一枚に、過去の詩人の息遣いが、吹きつける雪が頬を打つ痛さ、踏みしめたときの感触、寺院のドアをくぐったときの空気の広がり、振り子を見つめたときの胸の熱さが、いっそう濃く上書きされる。

時間は過去から未来へとつながるものでもある。また、過去と未来の間の「現在」が一瞬であることも、人間の存在を大きく規定している。レニングラードを去るときには、その先の未来を生きていず、知らなかった。生まれてからずっと過ごした一つの場所から、長く、または永久に離れることは、その時間を、そこに残して去ることのように思える。だが時間は、人間の体に記憶として刻まれる。時間が記憶に刻んだものは、否応なく人間の一部となる。そうやって人間は自分を未来に運んでいく。詩人の体はレニングラードを離れ、アメリカに、やがて別な土地に移り、そうして、いくつもの時間が人間を作っていくけれど、その人間を強く規定する、何らかの時間の記憶は確かにある。この詩は、そういうことを考えさせる。

人間は、不確定、不安定、未知を身内に抱えこむ生き物。それは詩人だけの特殊な事情ではない。それは、この地上に生きることの喜びと辛さを一体にしている。

最後は、人間は不安定ではあるが、光をもたらす生き物でもあると励ます、次の言葉で締めくくられる。

ひとつのまなざしが　肉体をこえて
先へ進み　遠ざかり

やがて　つぎつぎと送ってよこす
内に　取りこんだもののすべてを

## 初出

本書に収められた文章は雑誌
『ユーラシア研究』（ユーラシア研究所発行）
33号から55号に掲載されたものである。
尚、収録にあたって多少の加筆、修正を行なった。

| | |
|---|---|
| フレーブニコフ 1 | 38号（2008. 5） |
| ブローク 1 | 45号（2011.11） |
| ブローク 2 | 50号（2014. 5） |
| ブーニン | 52号（2015. 7） |
| アンネンスキー | 54号（2016. 8） |
| グミリョフ | 42号（2010. 5） |
| アフマートワ 1 | 35号（2006.11） |
| ギッピウス | 37号（2007.11） |
| エセーニン | 34号（2006. 5） |
| マヤコフスキー 1 | 33号（2005.11） |
| マヤコフスキー 2 | 47号（2012.11） |
| パステルナーク 1 | 36号（2007. 5） |
| マンデリシュタム 1 | 41号（2009.11） |
| マンデリシュタム 2 | 53号（2015.12） |
| フレーブニコフ 2 | 49号（2013.11） |
| ツヴェターエワ 1 | 43号（2010.11） |
| ツヴェターエワ 2 | 55号（2016.12） |
| パステルナーク 2 | 46号（2012. 5） |
| クヌート | 39号（2008.11） |
| アフマートワ 2 | 48号（2013. 5） |
| タルコフスキー | 44号（2011. 5） |
| ブロツキー 1 | 40号（2009. 5） |
| ブロツキー 2 | 51号（2014.11） |

# あとがき

一冊の詩集をいっぺんに読み通す人は多いのだろうか。たとえば私にはそういう経験があまりない。一つの詩が目にとまり、気に入って何度も繰りかえし読む。そういうことが多い。くりかえし読んでいると、言葉が自然に胸のなかを流れるようになる。もちろん、そうならないこともあるけれど。理由はたぶん、言葉の密度にあるのではないかと思う。詩の言葉には意味以上のものが詰まっている。重たかったり、捉えられないスピードで飛んでいったり。だからするすると読み進めることができない。別な言葉でいうと、詩の言葉は、何らかのイメージなのだ。詩人が感得したイメージを、もし意味としての言葉で書きつらねたりしたら、それは詩ではなくなる。

ひとつの詩の、一つの言葉に躓き、それでしばらく謎解きの練習をし、詩集のなかの、他の詩も読んでみる。そういうことをくりかえして、わたしは詩に、やがては何人かの詩人になじんだ。詩は繰りかえし、ゆっくり読むものだと思う。

教科書に載っている日本の近代詩からはじまって、ヨーロッパの詩を読むようになり、やがてロシアの詩に出会った。

あるとき私は、ロシアの詩人の作品を、エッセーごとに一つか二つ訳し、私自身がそれらの詩に感じたことを書くことをはじめた。偶然に図書館で見つけたフランス詩のアンソロジーを読むうちに思いついたことだ。それは、偶然に図書館で見つけた『フランス詩の散歩道』という本だった。訳出された十数篇の詩には、著者である安藤元雄氏の文章がつづき、それぞれの詩のなかで、言葉がどんなふうに生き、動いているのか、詩の言葉がどんな風に意味を離れて、イメージとして生き始めるか、詩はどんな構造を持っているのか、その詩はなぜ美しいのか、それらが語り言葉の、ゆっくりしたリズムで語られていた。こんな本を自分も書いてみたいものだと思った。そうして一二年前にはじめたこの作業は、最初からとても面白かった。書き始めると、詩のディテールに惹きつけられ、つぎに全体とのかかわりも見えるようになり、詩が構築されるものなのだとわかった。とくにロシアや西欧の詩はそうだ。建物のように、土台があり、空間があり、そこを空気や時間が流れる。

詩は、詩人の自己表出、または自己表現であり、詩の言葉がイメージとして熟していくのは、詩人の心のなかで起こるプロセスだ。そのとき詩人は、現実のなかから記憶されたさまざまなイメージをとりだし、意味をイメージに置き換える。

エッセーでとりあげた詩人の多くは、ロシアで「銀の時代」とよばれる一九世紀末から二〇世紀初頭に登場した。時代の空気に押されるようにして、いくつものグループが立ち上がり、表現の斬新さを競った。グループに加わらず、一人で詩作に没頭する詩人もいたが、面白いのは、主張やグループをこえて、たがいによく交流し、影響しあっていたことだ。この時代の詩人たちは、詩の技法が多彩でイメージがとても斬新だ。ときには、辞書にない新しい言葉を思いついたり、詩行の流れをこわしたり、ひとつの単語をふたつに割って、ことなる詩行に置いてみたりする。新しい作品は、他の詩人たちによってすぐに読まれ、批評され、共感や讃美、ときには皮肉や嘲笑にさらされる。読んでいると、作品そのものの輝きとともに、世紀をまたいだ時代のロシア詩人たちが感じていた、ふしぎな高揚感に自分も包まれるのを感じる。「銀の時代」の詩の、魅力だと思う。

本書に収めた詩人のなかで、ひとりだけ「銀の時代」に属さない詩人がいる。ヨシフ・ブロツキー（一九四〇〜九六）。ソ連時代に生まれて、やがて国を追われ、アメリカに棲みつき、死後イタリアのヴェニスに埋葬された。二〇世紀初頭から数十年を経て、ブロツキーはほかでもない「銀の時代」の薫陶をうけ、やがて独自の詩言語を獲得していった人。二〇世紀初頭とは別の、時代がしかけた罠に足をとられつつ詩人でありつづけたし、何よりブロツキーの詩は複雑で美しい。

エッセーは一二年にわたり雑誌『ユーラシア研究』に連載され、いまも続いている。連載はロシア語情報図書館の故中山明子氏が、私の構想を知り、編集部に提案して実現した。その後もエッセーの一つ一つに感想を寄せ、励ましていただいた。長年連載のスペースを提供してくださっている雑誌『ユーラシア研究』編集部、また、エッセーを査読し、行き届かない表現を的確に指摘していただいた木村敦夫氏にも、深い感謝の気持ちを申し上げたい。

一二年間書き続けたエッセーを、こうして一つの本にできたのは、本当に幸せなことだ。そして何よりも、未知谷の飯島徹さんに原稿を読んでいただき、出版できることになったときの、胸の高鳴りを忘れずにいたい。編集・校正の作業でお世話になった伊藤伸恵さんへの感謝とともにここに記したい。

岡林茱萸

二〇一七年七月

岡林茱萸（おかばやし　くみ）

上智大学外国語学部ロシア語学科卒業。ロシア語・ロシア文学専攻。東京ロシア語学院講師。ＮＨＫ衛星放送ニュース通訳。
訳書：『エセーニン詩集』（飯塚書店）、アイトマートフ『白い汽船』（理論社）
共訳：『レールモントフ選集』（光和堂）
著書：『世界の大都市６　レニングラード』（教育社）

©2017, Kumi Okabayashi

# ロシアの詩《し》を読《よ》む

銀の時代とブロツキー

2017年7月31日初版印刷
2017年8月14日初版発行

著者　岡林茱萸
発行者　飯島徹
発行所　未知谷
東京都千代田区猿楽町2丁目5-9　〒101-0064
Tel. 03-5281-3751 / Fax. 03-5281-3752
［振替］　00130-4-653627
組版　柏木薫
印刷所　ディグ
製本所　難波製本

Publisher Michitani Co. Ltd., Tokyo
Printed in Japan
ISBN978-4-89642-535-2　C0098